偽りの聖女と死に損ない凶王の愛され契約聖婚

篠崎一夜

illustration:香坂 透

偽りの聖女と死に損ない凶王の愛され契約聖婚

初夜を迎える花嫁は、純白の薄衣《うすぎぬ》で飾《かざ》られる。

今夜エウロラの肌を覆うのは、染み一つない絹《きぬ》だ。

黄金《きん》の腕輪と金剛石が連なる耳飾りとが、そこに華やかな輝きを加えている。寝所に控《ひか》える新妻というより、それは豪奢《ごうしゃ》な花嫁衣装そのものか。

正確には彼女、いや、彼は供物《くもつ》なのだ。

白い衣装で整えられ、怪物へと供される贄《にえ》。

目深に被せられたヴェールから、形のよい顎《あご》先がわずかに覗《のぞ》いた。

薄化粧を施《ほどこ》された顔貌《がんぼう》は、真珠の粉を叩《はた》かれるまでもなく白い。ヴェールを捲《めく》ったなら、そこからこぼれる唇の色に驚かされることだろう。

さながら、穢《けが》れのない雪に落ちた鮮《あざ》やかな花弁か。淡く紅《べに》が注《さ》された唇は、艶《つや》やかに色づいている。

月明かりの下で、それは禍々《まがまが》しいまでに目を焼いた。

これほどうつくしい供物は、滅多にいない。これほど清らかな花嫁も、他に捜《さが》しようがなかった。

聖婚《せいこん》。

言葉だけは立派に、神婚と呼ぶ者もいる。だがどんな美々しい呼称で飾られようと、これは残酷《ざんこく》な聖餐《せいさん》でしかない。

禍《わざわい》の烙印を、身に受けし者。慟哭《どうこく》の血に連なり、贖《あがな》いに届かぬ咎人《とがびと》。彼らは本来、永劫《えいごう》に救われる術《すべ》を持たない者たちだ。だがそうした怪物の穢《けが》れを、削ぎ落とす術《すべ》が一つだけある。清浄なる花嫁との交接が、ほんの一時の安息をもたらすのだ。

貪《むさぼ》られる花嫁にとって、無論それが安息たり得るわけはない。だが、逃げ出すことはできなかった。否《いな》。エウロラは違う。今夜ここに辿《たど》り着いたのは、それをエウロラ自身が望んだからだ。

運命は、すでに動き出している。巨大なものはゆっくりと、ちいさなものは忙《せわ》しなく、歯車は互いに嚙《か》み合い、轟音《ごうおん》を立てて回り始めていた。

いつから。夢の教えを得た、最初の晩か。あるいはこの身の夫となる怪物に、直接見えた瞬間《まみ》からか。

二日前の、あの夜。

蘇《よみがえ》る金色の輝きに脳裏を焼かれ、瞼《まぶた》を下ろす。記憶を、手繰《たぐ》り寄《よ》せる必要もない。

そう、あれは。

薪が、音を立てて爆《は》ぜる。赤と金の火花がぱっと弾《はじ》けて、夜の底に眩《まばゆ》く散った。

「どうぞよくご覧下さい、この肌の色を…」

皺《しわ》を刻んだ手が、外套《がいとう》に包まれた痩軀《そうく》を示す。

引き寄せられ、袖《そで》を捲り上げられると、白い指先が夜の闇にこぼれた。

「清廉を示す、かの山を覆う雪と同じ純白の肌。…遠い西の地より来たりし客人に、我ら騎馬の民を代表し、この稀有《けう》なる者を謹《つつし》んで献上申し上げます」

恭《うやうや》しく、初老の男が礼を取る。

「珍奇なる香辛料も、我が騎馬の民による道案内すらこの者の価値には及びますまい」

芝居《しばい》がかった仕種《しぐさ》で促され、エウロラは半歩踏み出した。

「これは…」

どよめきが、痩軀を包む。

焚き火によって投げかけられる影が、足元で揺らめいた。赤々と燃える炎を、何人もの男たちが囲んでいる。

十人以上は、いるだろうか。いずれも、屈強な体軀《たいく》の者たちだ。砂で汚れた長衣も、繫《つな》がれた荷車や駱駝《らくだ》の影も、彼らが遠路を歩んできた商人であることを示していた。

「客人のため、特別に用意した贈り物にてございます」

白い手指に見入る商隊の男たちに、満足したのか。初老の男が浮かべる笑みこそが、商売人のそれだ。

「幽精《ゆうせい》をも魅了したとされるうつくしき巫女《みこ》、アウェッラーナ姫が末裔《まつえい》…。我々騎馬の民は、聖泉の守人と呼びまする。客人たちの国では、聖なる乙女でございましたか。…いずれにせよ、持ち主の罪を清め癒《い》やし、その未来を予言する者にてございます」

ひそめられた声に、ざわ、と大きく空気が揺れる。男たちの目が、炎が投げかける明かりのなかで大きく見開かれた。

「ヒィズドメリアの…、暁《あかつき》の聖女だと、そう言うのか…？」

「莫迦《ばか》な！　暁の聖女は征服王ミシュアルの後宮深くに隠されているはずだ。それが騎馬の民の手にあるなど…」

冗談はよせ。

商人たちが一笑に付そうとするのも、無理はない。だが顔色を変えることなく、初老の男は自らの胸へと掌《てのひら》を重ねて見せた。

「全ては偉大なる神の思し召《おぼめ》しでございます」

「…本気で言っているのか？　そんなことあるわけが…」

「その通りだ！　大体どうやって聖女を連れ出したと言うんだ。あのミシュアル王の城から」

口々に吐き捨てた商人たちの傍《かたわ》らで、ぱちんと音を立て薪が爆ぜる。

「確かにさしもの我らでさえ、ミシュアル王の懐深くに辿《たど》り着くは難業。強大な武力に加え、フリュト城の守りはご存知の通りの堅牢《けんろう》さ。…ですがこの者を捕らえたのは、城を遠く離れたテティの丘でのこと。そこにある神殿の一つで、侍女たちと共にいるところを我が同胞が見つけました」

「テティの神殿だと？」

「何故そのような場所に…。ミシュアル王は？　ミシュアル王は同行していたのか？」

男たちの声に、初めて真剣な響きが宿る。立て続けの問いに、初老の男が首を横に振った。

「ミシュアル王はフリュト城に残っておりました。この者は近く始まる祭の準備のため、護衛を連れて神殿に向かっていたようです。テティにある神殿に辿り着いたものの、祈禱《きとう》を捧《ささ》げる間に砂嵐に閉じ込められ、病に伏《ふ》す者が現れたのだとか。我が同胞が見つけた時には、警護は散《ち》り散《ぢ》りになり、数人の女たちのみが残されておりました」

淀《よど》みなく告げられ、男たちが顔を見合わせる。果たしてそれは、真実なのか。半信半疑のまま、商人たちの目が外套に覆われた痩躯を注視した。

「ではまさか、本当にこれは…」

「あの暁の聖女だと言うのか？　そうだとすれば体重と同じだけの金…、いやそれ以上の値がつくぞ」

言葉にはしてはみるものの、疑念を捨て去ることは難しいのだろう。それでも声が上擦《うわず》ってしまうのは、無視できない期待があるからだ。

「嘘《うそ》か誠か…。私が申し上げられるのは、これが真実未来を見通し、幽精の瘴気《しょうき》すら祓《はら》う聖なる者であるということだけでございます。いかなる罪も消し去ると言われる純潔がいかほどのものかは、客人自身の目でお確かめになるがよろしいでしょう」

にやりと、初老の男の笑みに下卑《げび》た色が混ざる。思わず喉《のど》を鳴らした商人たちを、男の一人が押し退《の》けた。

「殺せッ！」

怒号が、夜の闇をふるわせる。驚く仲間の商人たちを突き飛ばし、若い男が進み出た。

「殺せ！　こいつがもし本当にヒィズドメリアの…暁の聖女だと言うのなら、今すぐに殺せ！」

「マタル…」

「こいつの託宣《たくせん》のせいで、一体何人が死んだと思ってる！　俺の弟も、その親友も…！」

憎悪《ぞうお》に燃える目が、エウロラを刺す。

叫んだ青年が手にするのは、ずっしりと重たげな長剣だ。悲鳴じみた声が商人たちから上がったが、青年を押し留《とど》めようとする者はいなかった。

「もし本物の聖女なら、同胞の仇《かたき》だ。生かしておけば必ずや我らの障《さわ》りとなる。なにが純潔か。この淫売《いんばい》の魔女め！」

怒声と共に、白刃がこぼれる。

ぎら、と、露《あら》わになった切っ先が炎を弾いた。鋭利な刃《やいば》に、慈悲《じひ》はない。大きく振り上げられた長剣は、しかしエウロラの首を断ち落としはしなかった。

「っな…」

悲鳴をもらしたのは、むしろ青年だ。

頑丈な手が、剣を握る腕を捻《ねじ》り上げている。まるで背後から夜が迫り、青年を押し潰しでもしたかのようだ。そう錯覚させられるほど、立ち上がった男の影は暗く、不吉なものに映った。

「…お、長《おさ》…」

腕を摑《つか》まれた青年が、声を上擦らせる。

無理もない。たとえ既知の間柄であろうと、それを間近から直視するには覚悟が必要だろう。

神殿を護る異形《いぎょう》の像が、動き出したのではないか。いや形こそは、人間のそれだ。だが総毛立つような気配は、およそ人が纏《まと》い得るものとは思えない。

夢で視た、通りだ。地獄の山に棲《す》むという怪物が、人の皮を被って蘇った。そう言われても頷《うなず》く以外ない不吉さが、男にはあった。

「侍女たちは、死んだのか？」

低い声が、問う。

脳髄《のうずい》が痺《しび》れるほど、重く響く声だ。張りのあるそれは、よく撓《しな》る鞭《むち》を思わせた。真正面から撲《う》たれれば、何人《なんぴと》であろうと膝《ひざ》を折らずにはいられまい。

「いいえ、我が客人よ。重篤な者もおりましたが、聖泉の守人の加護によって持ち直し、一人も欠けることなく今も我々の元ですごしております。…侍女たちを見捨てぬことが、この守人の望みでありました故《ゆえ》」

エウロラに代わり、初老の男が礼を取る。青年から指を解《ほど》いた男が、逞《たくま》しい首を傾《かたむ》けた。

「病を得た侍女たちの面倒を見ろと、お前に迫ったと言うのか？」

「いかにも。交渉上手な守人…聖女様で驚きました。加えて、自らを商人に売り渡す気なら好きにしてよいが、その場合は必ず侍女たちも同じ相手に売るか、もしくは侍女自身が望むならば私の元に留めてくれ、と」

それは法外な要求だったのだろう。瞬《またた》き、長と呼ばれた男が逞しい肩を揺らした。

笑った、のだ。思いがけない快活さで、笑い声が夜の闇に落ちた。

「自分が売られようという時に、他人の心配か。見上げた行いだな。さすが聖女殿と言うべきか」

揺れる肩をそのままに、男がエウロラへと踏み出す。

濃い影を引き連れた体軀は、見る者に威圧感を与えずにいられないものだ。だが醜《みにく》いかと言われれば、そうではない。むしろ男は、目を瞠《みは》るほどに精悍《せいかん》だ。

目深に被った、黒い日除け越しにさえ分かる。

炎に照らされる鼻梁《びりょう》は力強く、歪《ゆが》みがない。眼窩《がんか》は彫りの深さ故に、夜と同じ色に塗り潰されている。それでも奥に瞬く双眸《そうぼう》の色は、はっきりと見て取れた。

天を焦がす太陽に比するほどの、眩い金色。

無慈悲なその色が、逸《そ》らされることなくエウロラを見ていた。

「だが俺に、そんな望みを叶《かな》えてやる義理はない」

素っ気なく断じた口吻《こうふん》に、憐憫《れんびん》はない。悠然と荒れ地を踏んだ男の影が、音もなくエウロラの痩躯を呑《の》み込んだ。

「むしろお前が本当に暁の聖女であるなら、どれほど大金になろうとミシュアル王の領地を連れ歩く莫迦などおらん。王は必ずお前を捜し出し、略奪者を殺すだろう。それより女たちを金に換え、お前の首はこの場で刎《は》ねておくのが賢い選択だと思わないか?」

息を呑む音が、商人たちからもれる。

男が言う通り、ここはミシュアル王が統《す》べる土地だ。そこで王の所有物たる聖女を攫《さら》うことが、なにを意味するか。

ミシュアルは決して、慈悲深い王ではない。むしろ破竹の勢いで領土を広げるかの王は、残忍さと狡猾《こうかつ》さでこそよく知られた。暁の聖女は、そんなミシュアル王が掌中《しゅちゅう》の珠《たま》とする者だ。たとえ砂嵐に呑まれた聖女を救っただけだと訴えたところで、褒美《ほうび》が斬首《ざんしゅ》となることは疑いようがなかった。

「お言葉の通りでございます」

静かにこぼれた声に、商人たちが目を瞠る。

まさか聖女が、臆《おく》することなく口を開くとは思っていなかったのだろう。それも、肯定の言葉を。

澄《す》んだ響きは、さながら荒れ野をぬらす夜露《よつゆ》だ。ひんやりとしたそれは、エウロラが望んだ通りわずかなふるえも帯びてはいなかった。

「賢明なる、カルブサイド国のラシード王よ。おっしゃる通り、私はあなたにより死を賜《たまわ》るでしょう」

ラシード王。

はっきりと言い当てた名に、息を吞む音が重なる。

同時に、なにかが鋭く空を裂《さ》いた。商人たちが、恐るべき速さで剣を抜いたのだ。喉元へと迫った切っ先にも、エウロラは呼吸一つ乱しはしなかった。

「どういうことだ、騎馬族の長よ。貴様、我々の身分をこの者に……」

「まさか！　私は今夜誰に会うか……、そもそもこうして客人を迎えること自体、聖女様は無論誰にも告げてはおりません。ただ私がそうするまでもなく、聖女様は知り得ていたご様子ですが」

刃のいくつかは、初老の男をも捉《とら》えている。厳しく商人に質《ただ》され、初老の男が慌てて首を横に振った。

見通していた。今夜起きることの全てを、聖女はすでに知っていた、とそう告げられ、商人たちが視線を見交わす。いや正確には、彼らは商人などではない。商隊に扮《ふん》してはいるが、ここにいるのは隣国カルブサイドの兵士たちだ。エウロラが王と呼んだラシードだけが、表情を変えることなく痩軀を見下ろしていた。

「俺に殺される覚悟は、すでにできていると？」

問われ、首肯《しゅこう》する。

「はい。…ですが私の死は、これらの刃によってもたらされるものではありません」

白刃は、どれも正確にエウロラの急所へと定められていた。わずかでも身動《みじろ》げば、四方から痩軀を貫かれ、切り裂かれるに違いない。

刃毀《はこぼ》れ一つないそれらを、エウロラは瞬きもせず見回した。

「また、今夜この場で与えられるものでもございません」

世迷い言と、笑う者もいるだろう。だが冴《さ》え冴《ざ》えとしたエウロラの口吻に、顔色をなくしたのは剣を構える兵士たちだ。冷たい汗を払うよう、先程エウロラを魔女と罵《ののし》った青年が歯を剝《む》いた。

「黙れ！　これ以上戯《ざ》れ言《ごと》を並べる気なら…」

再び斬《き》りかかろうとした青年を、ラシードが制する。

何故。抗議しようとした青年に、王が首を横に振った。

「まやかしだ」

断じた男が、右腕を伸《の》ばす。おやめ下さいと、兵たちが叫ぶ間もない。

王たる者が予言を弄《ろう》する輩《やから》に軽々しく触れるなど、畏《おそ》れを知らないにもほどがある。咄嗟《とっさ》に身構えた兵たちに頓着《とんちゃく》することなく、厳《いか》つい手がエウロラの外套を剝《は》いだ。

「っ…」

どよめきが、兵士たちを撲《う》つ。

夜闇にこぼれたのは、眩い暁光だ。外套の下から、艶やかな朱《あか》い髪が背中へと流れた。腰まで伸びた髪が縁取るのは、夜目にも鮮やかな白い顔貌だ。紅を掃《は》いたような目元で、二つの紅玉が光を弾く。澄み渡った双眸は静謐《せいひつ》でありながら、同時にぞっとするような色香にぬれていた。

果たしてそれは、人の身に宿せるものなのか。

形だけを問題にするならば、エウロラの容貌《ようぼう》は間違いなく乙女のそれだ。だが凛《りん》と張り詰めた、その双眸はどうか。女のものとするには凄艶で、男のものとするには透明すぎた。いや、そもそも男女の別以前に、このうつくしい生き物は人であるのか。

暁の聖女は、幽精たちをも魅了した美姫、アウェッラーナの血を引くとされている。巫女でもあった彼女がその清らかな腹に宿したのは、人ではなく幽精の子だ。そんな伝説が語り継《つ》がれるに相応《ふさわ》しい美が、エウロラの容姿には結実していた。

「聖女、か」

息を呑む兵たちを尻目《しりめ》に、王が笑う。そこに混じるのは、嘲《あざけ》りではなく単純な皮肉だ。注がれる兵たちの視線のなかでただ一つ、黄金の眼《め》だけが正しく看破したものがなんであるか。エウロラには十分、理解ができていた。

「聖女の予言にも、病を癒やし呪いを濯《そそ》ぐ清らかさとやらにも、俺は生憎《あいにく》興味がない」

「…そうだとしても、私の利用価値は、お認めいただけるのではありませんか?」

我ながら、直截《ちょくせつ》であること極まりない。分かっていても、引き下がることはできなかった。

「…こいつは確かに、騎馬族の爺《じじい》が交渉上手だと褒《ほ》めるわけだな」

わずかに眼を瞠った王が、今度は声を出さずに笑う。その手が、エウロラの顎を摑んだ。

「っ…」

「では言え、聖女殿。お前の目的はなんだ？」

目的など、命乞い以外になにがある。自分の首を刎ねることも厭《いと》わない男を相手に、助命の他に望むものなどあるはずがない。

「お前には、俺の手にかかる未来が見えていると言う。それにも拘《かかわ》らず、俺に身柄を委ねると？　そうしてまで、今夜を生き延びたい理由はなんだ。まさか本気で、侍女たちの身柄を補証してほしいと考えているわけでもあるまい？」

高い位置から降る声は、どこか平淡に響いた。だが、自分を見下ろす眼の色は違う。臓腑《ぞうふ》までを切り開き、見定めようとするかのような輝きに、ぞわりと首筋の産毛が逆立った。

「…私に仕え、それ故に受難した者たちです。どうか侍女たちの安全だけは、お約束下さい」

必要と断じれば、目の前の男は躊躇《ちゅうちょ》なくこの首を刎ねるだろう。そうだとしても、声にできる真実はただ一つだけだった。

「俺が何者か知った上で、その願いが聞き届けられると信じているのか？」

心底訝《いぶか》しげに、男が首を傾ける。

カルブサイドの玉座に座る、ラシード王。その名は広く大陸に知れ渡っていた。

肥沃《ひよく》な土地に恵まれたカルブサイドは、大陸に伸びる貿易路の要所の一つでもある。そんなカルブサイドの王冠が若き王の頭上に移ったのは、ほんの数年前のことだ。

かつては交易で栄えたカルブサイドも、近年は他の国々と同じく病と旱《ひでり》、繰り返される戦《いくさ》に疲弊《ひへい》の色を濃くしていた。農地を荒らされ、傭兵《ようへい》として戦地を転々とすることを余儀なくされた者も多く、三代前の王の時代には国が傭兵団を組織し、他国へと貸し出していた時期もある。そうした経緯から、傭兵の国、あるいはもっと汚い仕事を生業《なりわい》とする国と呼ばれることもあった。いずれにしてもカルブサイドは栄華《えいが》を過去のものとし、やがて消えてゆくのではないか。そう思われていたが、ラシードを王に戴《いただ》いて以降カルブサイドは目覚ましい発展を遂げていた。長く続いた戦を退け、講和を結び、荒廃していた街には人の声が戻り始めている。若き王は縮まり続けていた国境線を押し戻しただけでなく、国に安定をもたらしたのだ。

だがラシードの名を知らしめたものは、そうした功績だけではない。

戦場において、王の名は死と同義語に語られた。神出鬼没の怪物。それと出会ってしまえば、戦場の外であろうとも、結末は死しかない。相対した者は兜《かぶと》を砕かれ、腹を裂かれ、騎馬諸共肉塊と成り果てる。敵兵だけでなく、味方までもが返り血で染まる王を畏れた。

呪われし、禍の王。

カルブサイドの王家には、稀《まれ》にその凶兆《きょうちょう》を握って生まれる者がある。彼らは勇猛《ゆうもう》を誇るカルブサイドの歴史においても、血と恐怖、大いなる禍を以《もっ》てその名を残してきた。

目の前の男も、そうだ。凶兆を刻まれた王が歩む道は、常に血で泥濘《ぬかる》んでいる。その証《あかし》に、ラシードを玉座に座らせたのは長兄たちを始めとした夥《おびただ》しいほどの死だ。カルブサイドの王冠に近かった者たちは、ラシードを含め度々陰鬱《いんうつ》な惨事に見舞われた。そして一人、また一人と気がつけばことごとく死に失《う》せたのだ。ラシードを、除いては。

兄弟殺しの簒奪者《さんだつしゃ》。

死に損ないの、凶獣《きょうじゅう》。血溜まりを歩く王を、人々は声をひそめてそう呼んだ。

「彼女たちの安全を…、私の願いを聞き入れて下さるのであれば、我が身が持てる全てのものを喜んで差し出しましょう」

「お前の名は？」

出し抜けに問われ、エウロラが長い睫《まつげ》をふるわせる。

「暁の聖女だなどと呼ばれていても、名前くらいはあるのだろう？」

そんなものを尋ねられるとは、思ってもいなかった。すぐには応《こた》えられなかったエウロラを、昏《くら》く光る双眸が覗き込む。

「…エウロラ、と」

その名で自分を呼ぶ者は、滅多にいない。だが尋ねられれば、返せるものはそれ以外になかった。

「エウロラ、か。…エウロラ、言った通り、俺は聖女になど用はない」

呆気《あっけ》なく断じた男が、だが、と言葉を継ぐ。無骨な指が、形を確かめるようにエウロラの頤《おとがい》を辿った。

「だが、我が国の大臣や口煩《くちうるさ》い長老たちの意見は異なるだろう。俺のように禍に取り憑《つ》かれた者は、清浄なる者を今すぐ娶《めと》るべきだと口を揃《そろ》えて喚《わめ》くに違いない」

面倒事を思い出したと言いたげに、男が鼻面に皺を刻む。その苦々しさとは裏腹に、太い指がそっと唇へと触れた。

「その貴重な聖女の首を刎ねたとあっては、小煩《こうるさ》い爺共になんと言われるか…。なにより、俺はお前自身に興味が湧《わ》いた」

ざわりと、兵士たちが声をもらすのが分かる。だが視線を巡らせ、彼らの驚きを確かめることはできなかった。

頭上で輝く黄金の双眸から、目を逸らせない。視線を外せば最後、その瞬間に喉笛《のどぶえ》を食いちぎられるのではないか。冷たい確信に、エウロラは薄い瞼をふるわせた。

「その純潔とやらにもな」

にたりと、獣めいた唇が笑う。それは、本心であるのか否か。目を凝《こ》らしたエウロラの唇を、硬い指先が辿った。

「お前を喜んで我が褥《しとね》に…、いや、商隊に迎え入れよう。聖女殿」

喰《く》われる。

それが運命であるなら、覆す術はない。繰り返し視《み》た、夢の通りに。

かつて大陸には、ヒィズドメリアという国があった。長い歴史と、数多《あまた》の伝説が息づく古い国だ。豊かな水源に恵まれたヒィズドメリアはカカウ山を越え、一時は沈黙の海の対岸までを治めていたとされる。だが緑だった土地が荒野に呑み込まれるにつれ、ヒィズドメリアの国境線もまた形を変えていった。大陸に交易路が整い始めた頃には、ヒィズドメリアに残った領土はカカウ山の麓《ふもと》から大河にかけての一帯のみとなっていた。

国土は減らしたものの織物で栄え、ヒィズドメリアの王都には壮麗《そうれい》な文化が咲き誇った。流れゆく時間のなかで、尖塔《せんとう》が立ち並ぶ王都には徐々に衰退《すいたい》の兆《きざし》が見え始めてはいた。それでも人々は、厳格な王の元で日々をすごしていたのだ。

あの日までは。

南東で起こった戦の炎が近隣の国々を、そしてヒィズドメリアの国土を呑み込んだ。瞬く間に全てが燃え落ち、今ではもう往時の面影を探すことはできない。

もし王城が雅《みやび》な姿をそのまま留めていたとしても、過ぎ去った時を振り返るのは無為なことだろう。だがそうだと分かっていても、この胸に蘇るものはあった。

懐かしさや、愛おしさとは違う。もっと荒涼《こうりょう》として、痛みを伴《ともな》うものだ。

痛み。それ自体は悪くない。むしろ今の自分には、必要なものだ。それはいつでも、エウロラをあの日に連れ帰ってくれる。そして今ここに、自分がこうしている理由をも教えてくれた。

「なにか必要なものはございませんか、エウロラ様」

蚊帳《かや》の隙間《すきま》から、静かな声が問う。

窓辺を検《あらた》めた青年が、寝台に座るエウロラを覗き込んでいた。年の頃は、二十歳を少し超えたあたりか。エウロラより、三、四歳は年長に見える。しなやかな体つきと、青銅を思わせる輝くような肌をした青年だ。物思いに沈んでいた自分に気づき、エウロラはヴェール越しの視線を持ち上げた。

「ありがとうございます、ハカム様。今は特に、なにも必要ありません」

馬を降りるために手を貸し、湯浴みの手配をしてくれたのもこのハカムだ。

そのほとんどがカルブサイドの兵で占められるラシードの商隊において、ハカムの性質は少し異なる。無論、彼も兵と同様に剣を使えるのだろう。だが商才に長《た》けることで有名なルキ族出身だというハカムは、商売を仕切る商人として隊に加わっているようだ。ラシードが王位を継ぐ以前からのつき合いで、その信望は篤《あつ》いらしい。こうしてエウロラの世話を任されている点からも、それは十分窺《うかが》えた。

「では隣に控えていますから、なにかありましたらお呼び下さい」

涼しげに整ったハカムの容貌には、愛想と呼べるものはない。だがそれは、エウロラに対してだけではないようだ。作り笑いの一つも浮かべることなく、礼を残した青年が廊下へと消える。

静けさが戻ったそこは、木造の天井を持つ宿の一室だ。

二つ前の晩まで、エウロラの身柄は荒野を駆ける騎馬の民の元にあった。そこから商隊へと差し出された昨日は、宿もない荒れ地をただ進んだ。隊が東に向かっていることは、分かっている。だがその目的地がどこか、エウロラは当然知る立場にない。

いずれにしても、屋根のある建物にこうして身を落ち着けられたのは何日ぶりになるのか。

商隊宿と呼ばれるここは、文字通り大陸を行き交う商隊を迎えるための施設だ。富の源《みなもと》ともいえる商隊を、土地の有力者たちは精力的に庇護した。喉を潤《うるお》す井戸は勿論《もちろん》、食事を振る舞われることも珍しくはない。今夜の宿では、浴室までもを自由に使うことが許されていた。困難な道を進む商人たちにとって、ここは束の間の楽園と言えるだろう。

だがエウロラにとっては、どうか。

今夜エウロラを包むのは、純白の薄衣だ。初夜を迎える花嫁のために用意されたそれは、繊細な刺《し》繍《しゅう》によって飾られている。目深に被せられたヴェールは、カルブサイド国において新妻を幽精から護る魔除けであるらしい。悪戯《いたずら》好きな幽精に初夜を邪魔されないよう、花嫁を隠すのだと言う。

だがこれから寝所を共にする男を前にすれば、ヴェールなど用いずとも幽精すら逃げ出すのではないか。胸を過《よぎ》った想像を笑う気持ちにもなれず、エウロラはそっと白い瞼を降ろした。

「疲れたのか」

投げられた声に、ぎくりとする。

なんの気配も、感じなかった。そんなはずがない。この、自分が。

驚き、巡らせた視線の先に大柄な人影があった。ハカムとは違う。もっとずっと屈強で、黒々とした影だ。

男の存在に気圧《けお》されたかのように、部屋の灯りが揺れる。巨軀《きょく》に纏わりつく影が音もなくうねり、その色を濃くしたかに見えた。無論、そんなものは錯覚にすぎない。分かっていながら、エウロラは背筋が冷たく痺れるのを感じた。

「無理もない。この二日、随分《ずいぶん》な強行軍だったからな」

どうでもよさそうな口ぶりで、ラシードがゆっくりと床を踏む。

まるで目の前に、牙《きば》を持つ獣が現れたかのようだ。実際その想像は、間違いではないだろう。

今夜、エウロラはこの男の供物となる。

禍をもたらす、凶王《きょうおう》。その王を蝕《むしば》む呪いを拭《ぬぐ》い、一時の安息を与えるため、聖婚の名の下《もと》に己が肉体を差し出すのだ。

「私はただ、馬に運ばれていたにすぎません。寛大《かんだい》にも私の望みを叶えて下さり、三名の侍女を加えての道中となったのです。我が君《きみ》こそお疲れかと存じます」

騎馬の民より、ラシードへと譲り渡されてからすでに二日が経とうとしている。その間、男はエウロラの首を刎ねることは勿論、侍女たちを乱暴に扱うこともしなかった。病から持ち直した侍女にも飯炊きの仕事が与えられ、娼婦《しょうふ》として扱われずにすんでいるのは幸いだろう。

「聖女殿たっての願いだからな」

それは皮肉か、あるいは男なりの軽口なのか。無造作に蚊帳を開いたラシードが、ヴェールを纏うエウロラを見下ろした。

「…触れていいか？」

「え？」

問いの意味を理解できず、声がもれる。目の前の男に承諾を求められるなど、考えてもいなかったのだ。

「お前に、触れていいか？」

繰り返され、慌てて首を縦に振る。

「この身は我が君の持ち物なれば、どうぞいかようにも」

今更、言葉にする必要もないことだ。触れやすいようヴェールに手をかけたエウロラへと、逞しい右手が伸びた。

「っ…」

節の高い中指が、頬骨《ほお》に触れる。

目を凝らすまでもなく、そこに走るいくつもの傷痕《きずあと》が見て取れた。ごつごつとした手は、まるで凶器そのものだ。

「うつくしいな」

低くこぼされた声は、独り言に近い。率直に呟《つぶや》いた男が、左手でヴェールごとエウロラの前髪を掻《か》き上げた。

まるで、高価な宝石の価値を検めるような手つきだ。まじまじと注がれる視線に、好色の光はない。エウロラの造形の一つ一つを確かめるように、厳つい手が白い顔を引き寄せた。

「このうつくしさ故に、男の身でありながら聖女などと呼ばれる、というなら納得がゆくが」

「…っ」

不覚にも、奥歯が音を立てそうになる。

やはり、気づいていたのか。当然だろう。ラシードがエウロラの性別を知らないまま、この初夜の薄衣を用意したとは思わない。初めて会った二日前の夜から、王はエウロラの性別を正しく看破していたはずだ。

その証に、ラシードはハカム一人にエウロラの世話係を任せ、兵士たちは無論侍女たちからも遠ざけてきた。謀《はかりごと》を阻《はば》む意図もあるだろう。だがそれ以上に、腹心と呼べるハカムにのみ事実を確認させ、エウロラの仔細を秘匿《ひとく》する腹でいたはずだ。

ラシードの判断は、正しい。隊が得たのは、あくまでも暁の聖女でなければならないのだ。兵の士気を考えれば、聖女の価値に疑問符がつく事実を暴露する必要はない。

「どうした？」

首を傾けた男の親指が、鼻梁を辿って眼窩の窪《くぼ》みを撫《な》でる。薄い瞼を辿られれば、ぞわりと首筋の産毛が逆立った。

だがそれを表情に出すほど、エウロラは愚かではない。誰かを、そして自分自身を欺《あざむ》くことなど、決して難しくはないのだ。

「…ご存知の通り、男として生まれた私が畏れ多くも聖女などと呼ばれるのは、この身に授かった能力のお蔭《かげ》でございます」

「ミシュアル王の軍を無敵のものとする、聖なる予言者、か」

この数年を、エウロラはゴールス国を治めるミシュアル王の元ですごしてきた。そこで伝えた託宣の数々こそが、暁の巫女の名を知らしめ、聖女との名声を高めたと言っていい。

ヒィズドメリア国の聖女に纏《まつ》わる伝説は、無論それよりずっと以前、遥《はる》か昔から語り継がれてきた。始まりは、女神の祝福《しゅくふく》を受けた清浄な泉だ。その水に体を浸せば、どんな病もたちどころに快癒《かいゆ》する。そう言われる聖泉に、暁色の髪を持つアウェッラーナ姫が仕えていた。うつくしい彼女の前には、数多の王族が求婚するために列をなした。だが姫は誰の手を取ることもなく、泉に仕え続けたという。

そうしたある日、泉の水が突如として濁《にご》り始めた。悪い幽精が夜な夜な泉に忍び込んだため、その瘴気で水が澱《よど》んだのだ。姫は立ち去るよう命じたが、悪い幽精は聞き入れなかった。困り果てた姫の前に現れたのが、ロファの森の巨木に棲《よ》む善い幽精だ。

善い幽精は姫に、悪い幽精を遊戯《ゲーム》に誘《さそ》うよう助言した。千里眼で知られる悪い幽精は遊戯に目がなく、喜んで姫の誘いを受けた。案の定遊戯はアウェッラーナにとって著しく不利だったが、姫は善い幽精の助けを借りて勝利を重ねた。悪い幽精は負けるたび、罰として少しずつ縮んでいった。そして親指ほどに縮んだ悪い幽精を、姿を現した善い幽精は丸呑みにしてしまったのだ。

悪い幽精は善い幽精の腹という檻《おり》に捕らえられ、悪戯を封じられたというわけだ。善い幽精は泉に住処《すみか》を移し、姫は清浄さを取り戻した泉のほとりで玉のような子供を産んだ。アウェッラーナ姫の夫となったのが善き幽精であったことは、言うまでもない。

二人の血を引くと言われるヒィズドメリア国の王族は、以来アウェッラーナ姫がそうしたように泉を護り続けてきた。いつしか泉はちいさくなり、長い歳月の果てにその場所さえ定かではなくなってしまった。だが泉は、枯れて消えたわけではない。泉の霊力と信仰は王家と不離一体のものとして、ヒィズドメリアに受け継がれてきたのだ。その証が暁色の髪を持つヒィズドメリアの巫女であり、暁の聖女だった。

「故国では、千里眼の巫女と呼ばれておりました」

ヒィズドメリアにおいて、神殿に仕える王族は泉の巫女、あるいは祝福の姫などと呼び慣わされた。

聖女とは、民が崇敬を込めて用いた呼称にすぎない。だがその崇拝も、今となっては遠い過去の話だ。エウロラが生まれたヒィズドメリアはもう、この大陸のどこにも存在しなかった。

「では、巫女殿の口から聞かせてもらおうか」

額《ひたい》へと落ちた男の声に、大きく頷く。

「なんなりとご命令下さい。私の占術は、泉の水面《みなも》に映る月の影を読み解くようなもの。明瞭《めいりょう》な時ばかりとは限りませんが、必ずや我が君のご期待に応えられるよう努めます」

「それならば、真実を」

低く告げられ、長い睫が揺れた。

「いずれの…」

「過去でも未来でもない。今お前がここにいる、その理由を聞かせてもらおう」

それは二日前の夜、ラシードに向けられたものと同じ問いだ。

「申し上げました通り、侍女たちを…」

「女たちは、お前の希望通り我が商隊に加えた。いや、ことと次第によっては、この商隊宿で解放してやってもいい。お前も一緒にな」

奴隷として売れば、女たちは金になる。だが一国の王であるラシードが、そんなわずかばかりの金銭を必要としているとは思えない。だからと言って、ここでミシュアル王に関わりのある侍女たちを解放すれば、厄介なことになるだろう。それにも拘らず、男は聖女諸共全てを手放してもよいと、そう言うのか。

「な…」

驚くエウロラを、逞しい腕が引き寄せる。寝台に転がされる代わりに手を摑まれ、爪先《つまさき》が床へと落ちた。

「巫女殿には、どこまでが計画の内だったのかも教えてもらいたいところだ」

窓辺へと促された体を、背後から二本の腕で抱えられる。低い声が直接耳殻《じかく》をくすぐって、ぞわりと肩が竦《すく》んだ。だがそれよりも、鎧戸《よろいど》の向こうに広がる景色にエウロラは声を失った。

「っ…」

開け放たれた窓の先に見えるのは、木陰と敷石で整えられた中庭だ。この地域の多くの商隊宿がそうであるように、この宿もまた広い中庭を囲む形で石造りの建物が建てられている。二階建ての宿そのものが、楽園を守る堅固な塀を兼ねているのだ。そして外界と繋がる正門は、大抵の場合夜は固く閉ざされる。

だが今夜に限っては、厚い木戸がいまだに大きく開かれていた。

「見えるか？　あれが全くの偶然だと言うなら、聖女殿の千里眼とやらに疑問符をつけざるを得ない。もし全てを知っていたとなれば、今度はお前の信用に傷がつく」

信用と言うが、そんなもの最初からラシードの胸にあったとは思えない。

だが実際のところ、男が言う通りだ。

エウロラがなにを知り、なんのためにここにいるのか。それを確かめないまま聖女を連れ歩くほど、ラシードは愚かではないのだろう。

「あれがなにか、分かるな？」

背後に立つ男が、窓の外を顎で示す。重い体を背に預けられると、薄衣越しにラシードの胸板の厚

みがまざまざと伝わった。

「あれ、は……」

分からない、わけがない。

ラシードが示した先には、大きな弧形《アーチ》を戴く正門がある。開け放たれた門扉の向こうに、馬に跨がる男たちが見えた。明らかに、彼らは商人ではない。黒い鎖帷子《くさりかたびら》と兜を身に着けた一団は、このゴールスの兵士たちだ。

「何里か先に、祭事に関する視察との名目で陣を張っているようだ」

見下ろす中庭には、煌々《こうこう》と篝火《かがりび》が点《とも》されている。ラシードたち一団以外にも、今夜は宿泊者が多いらしい。厩《うまや》に出入りしている者や、円座を組んで食事をする者。暑さを避けて出立《しゅったつ》を待つ者など、中庭に集う者たちの何人かが、正門周辺の様子に気づき視線を向け始めていた。

「大方、聖女を捜しているのだろう。なにかしら理由をつけ、秘密裏に」

暁の聖女が、ミシュアル王の元から消えた。その事実が外にもれれば、どんな混乱が生じるか。

ラシードの言葉の通り、正門にいる兵たちは大がかりな捜索隊には見受けられない。この宿を訪れたのも、宿泊者を検めるためではないのだろう。なにかしらの事情があり、馬を調達するために立ち寄ったように見える。

「…私を護衛していた兵たちは、私は砂嵐に呑まれて死んだと、ミシュアル王にはそう報告しようと申し合わせておりました。疫病《えきびょう》に怖《お》じ気《け》づき、私を見捨てて逃げたとなれば首が飛ぶだけではすまないでしょうから」

だがそんな彼らも、生きてミシュアル王の元に辿り着けたかは分からない。誰も帰還しなければ、その場合も全員が砂嵐に呑まれたと考えられているはずだ。

「それならば、お前の死体を捜しているのだろう。…神殿に取り残された聖女、というお前の話が真実ならばな」

耳元でそう続けたラシードの眼が、なにを捉えているか。馬上にいる兵の一人に視線を惹きつけられ、エウロラもまたそれを見た。

黄金色の髪をした、男だ。

遠目に窺う、夜の闇のなかでさえはっきりと分かる。兜を脱いだ兵の一人が、門外に広がる荒野へと視線を投げていた。鎖帷子を身に着けた姿は、周囲の兵たちと大差がない。だが威風堂々と馬に跨がるその空気は、他の者とはまるで違った。

征服王ミシュアル。

ほんの十日程前までエウロラの傍らにあり、その命運を握り続けてきた男がそこにいた。

「まさか、私があなた様に嘘を…」

「さあな。だがあの用心深く利己的なミシュアル王がわざわざ居城を出て、こんな場所にまで足を運ぶとは。聖女殿にご執心なのは確かなようだ」

馬上の男が何者か、それはラシードの眼にも明白なのだろう。

二人の因縁を思えば、当然の話か。ラシードは、ミシュアルという王をよく知っていた。そうでなくても、ミシュアルは一度目にしたら忘れようのない男だ。

三十歳になったばかりだというミシュアル王は、馬上でさえそれと分かるほどに背が高い。引き締まった体つきは精悍だが、同時に優雅でもある。

毒を含んだような美貌とは、こうしたものか。氷を彫り上げたような顔貌には、冷ややかさと同時に息を呑むような華があった。無粋な鎖帷子などでなく、豪奢な宝石や羽根でこそ飾り立てられるべき人物だと、誰もがそう思うだろう。だが鎖帷子であれ宝石であれ、ミシュアルが纏うものはことごとく血に汚れていることをエウロラは十分に知っていた。

「…あなた様は、私がミシュアル王と示し合わせ謀《はか》っていると、そうお考えなのでしょうか」

「謀っているのか？」

逸らすことなく尋ね返され、背後の男を振り返る。

「そのようなこと…！　確かに嵐の訪れは視えておりましたが、規模を読み間違えたのは私の咎です。万が一にも私とミシュアル王が謀り、騎馬の民を利用してあなた様の隊にもぐり込んだとして、それにどんな利があります。あなた様を討つことが目的なら、騎馬の民の長諸共あの場でそうしていればすんだはず」

もしもラシードの首が目的なら、こんな不確実で、回りくどいことをする必要はない。ミシュアル王はただラシードの元へ、兵を差し向ければすんだことだ。

「確かに俺がミシュアル王の立場ならそうするだろう。だからこそ知りたい。何故今、お前がここにいるかをな」

繰り返したラシードが、窓の外を視線で示す。

「これがミシュアル王の企てでないと言うなら、お前と女たちを送り返せば、ミシュアル王は相手が俺であってさえ感謝するのではないか？」

「っ、おやめ下さい…！　そんなことになれば、侍女たちがどうなるか」

たとえ無傷で戻ろうと、一時でもエウロラの所在が不明となった事実をミシュアル王が看過するとは思えない。必ず誰かが責任を問われ、侍女たちは間違いなく残酷な死を賜るだろう。

「お前は、ミシュアル王の元に戻りたくはないのか？」

不思議そうな問いが、首筋を撫でる。外気に冷えた腕をさすられ、思わずぎくりと肩が竦んだ。

「侍女たちはともかく、ミシュアル王もお前の首まで刎ねはしまい。侍女たちの身柄は俺が預かり、安全を保証すると言えば、お前は喜んでミシュアル王の元へ帰れるのではないか？」

ミシュアル王の王宮で、エウロラは他の誰よりも丁重に扱われてきた。それこそ、真綿で包まれるように。凍《こご》えることも、飢《う》えることもなく、よく働く侍女たちと屈強な護衛に護られてきたのだ。砂《すな》埃《ぼこり》が舞う荒野で騎馬の民に捕らえられ、呪われた王に捧げられることに比べれば、果たしてどちらが安楽か。

「…あなた様は、それでよろしいのですか？　私を手放し、ミシュアル王の元に戻して」

問いで返したエウロラを、太い腕が胸元深くへと掻き寄せる。背後から顳顬《こめかみ》へと擦り寄せられた男の唇が、愉快そうに笑った。

「この俺に対してその口の利《き》きようとはな。きれいな顔に似合わず、肚《はら》の座った聖女殿だ。確かにミシュアル王が無敗を誇るのは、暁の聖女の託宣があってこそ。恐れるべきは一万の兵ではなく、一人の聖女だと我が国の長老たちは言うだろう」

ミシュアル王が今、自ら赴いてまでエウロラの行方を確かめている理由もその一事につきる。

託宣によってゴールスの軍を勝利に導いてきた、聖なる要《かなめ》。奇襲を予言し、戦いの趨勢《すうせい》すら読み解くエウロラは、ミシュアル王にとって欠くべからざる駒なのだ。

「そうであれば…」

「言っただろう。俺は占術も、呪いを拭う聖女の利益《りやく》とやらも信じてはいない」

きっぱりと告げる口吻に、ためらいはない。ミシュアル王が熱望し、周辺国の将たちが畏れる聖女さえ、このラシードには無価値なのだ。

「なにより、他人を利用するのは吝《やぶさ》かでないが、俺自身が利用されるのは好かん」

にたりと笑った、その唇の形はどうだ。

この男が自分をどう引き裂き、食い荒らすのか。それは幾度も、夢に視た光景だ。運命の軛《くびき》すら噛み砕かんとする、獰猛《どうもう》な怪物。その腕のなかに身を置いている現実に、本能的なふるえが首筋を舐《な》めた。

「お前が言う通り、聖女殿をミシュアル王の元に帰せばゴールス兵の士気が上がり、面倒なことになるだろう。それを避けるためにはこの首を斬るか、女たちの命を盾にお前の口から本当の目的を吐かせるか…」

「侍女たちを、危険に晒《さら》す必要はございません」

決断、するしかない。

手の内を明かすということは、それだけ無防備になるということだ。己の身を守る手段など、そもそもエウロラにはないに等しい。そのなけなしの全てをこの男に曝《さら》け出す以外、選べる道はなかった。

「気前よくこのきれいな首を差し出されても、俺としては喜べないがな」

「私の首では、ありません」

それどころか、エウロラの意志で差し出せるものでさえない。

深く息を吸い、エウロラは男の腕が作る輪のなかで身動いだ。みっしりと筋肉に覆われた腕は、まるで強固な檻のようだ。そっと体ごと向き直ると、思い描いていたよりずっと近い位置で黄金色の双眸が瞬いた。

「では、俺の首を望むのか？」

「いいえ、ミシュアル王の首を」

首筋の産毛が、逆立つ。

緊張か、あるいは憎悪か。ゆらりと、自分の内側で立ち上るものの輪郭を、エウロラは静かに自覚した。

「ミシュアル王の首を手にすることが、私の望みです。そのために、どうか侍女たちを助け、私をラシード王にご同行させて下さい」

唯一、エウロラが欲するもの。

それは今まさに、中庭を抜けたその先に立つ王の命だ。

このゴールスにおいては、軽々に名を呼ぶことさえ憚《はばか》られる。そんな王の死を口にするなど、命を投げ棄《す》てるに等しい行いだ。

「……思った以上に、妬《や》けるものだな」

「え?」

低くこぼされた唸《うな》りに、耳を疑う。大きく瞬いたエウロラを、黄金色の双眸が間近から睨《ね》めつけた。

「ようやくお行儀のいい面が失せたかと思えば、お前の口から出てくるのは他の男の名か」

今、舌打ちをしなかったか。それも鋭く。驚くエウロラの額へ、犬のように唸った男が鼻面を寄せた。

「な、つぁ…」

そのまま大きく、口を開かれる。

噛まれる、のだ。頑丈な歯列が眼前に迫り、エウロラは思わず身を引こうとした。

「お、王、いけません、私の血は…」

聖なる者の魂が棲む器には、魂が持つ霊力そのものが宿る。聖女の血と肉もそうだ。

だが聖女を傷つけその血を含んだなら、訪れるのは病からの解放などではない。むしろその血がもたらすのは、苦しみの末の死だとされた。強すぎる霊力は、時に毒となるのだ。

無論そんなものは、聖女を守るための虚仮威《こけおど》しにすぎないと考える者も多い。そうだとしても敬虔な者たちにとって、聖女の肉体は魂の有無を問わず畏怖すべきものとされていた。

「王…」

両手に力を入れて距離を取ろうにも、頑強な巨軀は微動だにしない。そもそも、力で適《かな》う相手ではないのだ。後退ろうとしたエウロラを追いかけ、男の歯が耳殻を捕らえた。

「つあ」

痛みはない。だが不意打ちのように与えられた熱さと硬さに、膝がふるえた。

「分かっている。手酷くはせん。…しかし何故、俺と行けばミシュアル王の首が手に入ると考える？」

がじがじと耳を囓《かじ》った男が、獣じみた声で問う。口に含まれた耳殻どころか、胸元までもがぞわりと痺れ、エウロラは痩《や》せた体をもがかせた。

「こ、香辛料や火薬を売るためだけに、畏れ多くもカルブサイド国の王がこんな場所においでになる道理が、っ、あるので、しょうか…」

皮肉がすぎると、耳朶《じだ》どころか首筋までを食いちぎられたとしても文句は言えない。だが男は、ぐるぐると犬のように唸っただけだ。

「なるほど、千里眼などなくとも分かる話か」

一国の王であるラシードが、身分を偽って他国に入るなど並大抵のことではない。だがそうせざるを得ないだけの理由が、男にはあるということだ。

「…サリア国を背後から討つ形で手に入れた今も、ミシュアル王はその歩みを止めようとはしておりません。隣国ファルハとは、国境を挟んで睨み合いが続く状況。新たな戦は近いと噂《うわさ》されております」

大陸の中央に位置する一小国であったはずのゴールスは、ミシュアル王が王座を得て以来その領土を広げ続けてきた。一時は北へと延びていた火の手が、今は西へとその動きを変えている。戦うか、従うか。選択を迫られているのは、ファルハ一国ではないのだ。

「ファルハとカルブサイド国とは、古くから親交の深い同盟国。人格者で知られるファルハ国王は、ラシード様の伯父でもいらっしゃる。そうでなくとも、あなた様とミシュアル王は、共にガイナリス国の虜囚であった頃から深い因縁を持つ間柄です」

かつての大国ガイナリスの王宮で、ラシードとミシュアルは一時期を人質としてすごした。他のいくつかの国と同じく、王子を人質に出すようガイナリスに迫られた結果だ。

ガイナリスの軍に加えられた二人は、共に戦場で勇名を馳せた。しかし両者は、互いに水と油の間柄だったとされる。どちらが先に、相手の首を取るのか。それがいずれ大陸の趨勢を決するものとなるだろうと、当時から囁《ささや》かれ続けてきた。

「ファルハ国の劣勢が伝えられる今、あなた様がここにおいでの理由は一つしか思い当たりません」

喘ぐように首を振ったエウロラから、ようやく男の口が離れる。

なんて顔だ。まだ嚙み足りないとでも、言うつもりか。いや、もしかしたら本当に、ミシュアル王の名を出したエウロラに不満があるのかもしれない。ぐ、と分かりやすく突き出された下唇の形を目にし、エウロラは二度瞬いた。

「俺らしい目的と手段だと、そういうことだな」

言ってしまえば、暗殺だ。

戦場で真正面から斬り結ぶのではなく、敵陣深く足音を忍ばせて近づき、背後から討つ。これを誇り高く、高潔な行いだと褒め讃《たた》える者はいないだろう。

「人の理《ことわり》すら意に介そうとしない、あのミシュアル王を相手にするのです。正面から斬り結ぶことだけが正しい行いとは限りません。なによりあなた様には己が手でやり遂げるだけの…、いえ、そうしなければならないだけの理由がおありだということでしょう」

手段の正当性やラシードの地位などは、この段に至るまでに嫌というほど議論されてきたはずだ。その上でこの道が選ばれた理由を、ミシュアル王の占術師であったエウロラは誰よりもよく理解していた。

「では、お前の理由はなんだ。何故、ミシュアル王の首を望む」

実際エウロラの事情になど、ラシードがどれほど興味があるかは分からない。だがもう一度、顎先を嚙りたそうに口を寄せられ、エウロラは視線ごと顔を伏せた。

「ミシュアル王はお前を聖なる目と呼び、どんな高官よりも厚遇してきたと聞く。侍女の命など気に留めず、ミシュアル王の元に戻れば今まで通り贅沢《ぜいたく》な暮らしが続けられるだろうに、何故危険を冒《おか》してまで俺に同行したがる」

「…あなた様だけが、ミシュアル王を殺すからです」

揺るぎない言葉は、託宣に等しい。

迷いなく告げたエウロラを、昏く光る双眸が見下ろした。

「ミシュアル王は我が故国に火を放ちました。私が仕えるべき民も、祠《ほこら》も、幼子同然だった私の姉妹さえも…、皆灰燼《かいじん》に帰しました」

それは、稀有な悲劇ではない。ミシュアル王が踏み潰した多くの土地で、そうした惨事は今も起こり続けていることだ。

「運よく生き延びた者も土地を追われ、多くがミシュアル王によって苦役に取られました。彼らは聖女が王に逆らいその機嫌を損ねたなら採掘場の崖から投げ落とされ、また嘘の託宣を告げようものなら城門から吊されました。時には、幼い子供までもが」

刃向かうことも、謀《たばか》ることも許されない。無論だからといって、それがミシュアル王の占術師を務めてきた言い訳になるとは思わなかった。

「仇討《あだ》ちか」

耳朶を舐めた声には嘲笑《ちょうしょう》もなければ、同情もない。簡潔な声が告げる通り、一言で言ってしまえばそれだけだ。鳩尾《みぞおち》を脅かすこの憎悪こそが、エウロラにミシュアル王の首を熱望させた。

「今この手で矢を射かけ、王を討つことができるなら喜んでそういたします。ですが今夜、ミシュアル王はその矢によって死ぬ定《さだめ》にはありません。然《しか》るべき日に振るわれるあなた様の剣のみが、それを叶えます」

「吉報だな。この場に我が国の長老たちがいなくて残念だ。俺を送り出すのに、大半の爺は今にもくたばりそうな顔をしていたものだ」

「冗談などではございません」

ぴしゃりと諫《いさ》めたエウロラに、ラシードが瞬く。

「これまでも幾多の者が試み、そしてことごとく死んでいきました。ですがあなた様は、間違いなくミシュアル王を打ち倒します。…ただそれは、ラシード様をしても容易なことではありません」

生意気どころの物言いではない。自分の生殺与奪の権利を握る男を前に、エウロラはその無力を説くのだ。

「お前を同行させなければ、俺にあれは討てないと？」

「…必ずや、お役に立つと約束いたします。ラシード様は私の…聖女の能力をお疑いと存じますが、しかし…」

ミシュアル王の兵たちは聖女に心酔し、崇拝した。それはエウロラが、正確に未来を予見したからだ。同じものをラシードの眼にも示せれば、男の考えも変わるはずだ。食い下がろうとしたエウロラに、ラシードが呆気なく頷いた。

「いいだろう。隊に同行することを、改めて許す」

「本当でございますか？」

驚きに、声が撥ねる。

その響きが届いた道理は、微塵《みじん》もない。だが遠く馬上にあるミシュアル王が振り返る気配に、エウロラは半歩後退った。

凍えるような青い双眸と、視線がかち合ったかに見える。いや、王が視線を巡らせるのを待たず、逞しい腕によって鎧戸が閉じられた。

「聖女がミシュアル王の元を去り、我が隊に加わるとなれば兵の士気も上がるだろう。皆、志願して隊に加わった者ばかりとはいえ、俺の寝所にお前がいれば安心だろうからな」

戦場におけるラシードの非情さは、ミシュアル王に劣らないものだ。対峙《たいじ》する敵を怯《おび》えさせると同時に、ラシードが纏う禍は味方の背筋をも冷たくした。ラシード自身が必要としなくとも、呪いを拭う供物が王の傍らにあることは、この決死行に加わる者たちの慰めとなるに違いない。

「感謝いたします。私の持てる力の全てをつくし、お仕えすることを誓…」

「感謝など必要ない」

斬り捨てた男の腕が、エウロラの膝裏を掬《すく》い上げる。犬の子を抱えるかのように持ち上げられ、両の爪先が浮き上がった。

「っわ」

咄嗟に目の前の首にしがみついたが、男は足元一つ縺《もつ》れさせはしない。中庭の喧噪《けんそう》から遠ざかるように、抱えられた体ごと蚊帳をくぐった。

「王…」

背中から降ろされたのは、寝台の上だ。

今夜がエウロラにとって、どんな意味を持つのか。それを忘れたわけではない。だが寝具の冷たさを間近に感じると、ぞっと氷のような痺れが心臓を刺した。

「お前を、あいつの元に帰す気がなくなったというだけだ」

窓の外を顎で示した男が、履き物を脱ぎ捨てる。そのまま寝台へと乗り上げられ、くらりと視界が歪む錯覚があった。

返答次第では、ラシードはエウロラを本当にミシュアル王の元へ送るつもりだったのではないか。無論、生きて帰す道理はない。必要とあればこの瞬間も、男にはエウロラの首をミシュアルに届ける用意があるはずだ。

「そうだと、しても…」

そうだとしても、エウロラにとって生きてラシードの隊に残れた意味は大きい。礼を告げようとした瘦軀へと、大柄な体軀が伸しかかった。

夜の闇よりも暗い男の影は、四つ足の獣そのものだ。重さを伴うそれは、夢で示されたものより遥かに巨《おお》きく、そして不吉なものとして目に映った。

「寒いのか？」

鳴ってしまいそうな奥歯を嚙み締めた動きを、見透かされたのか。するりと右の頤を手で包まれ、エウロラはちいさく首を横に振った。

「いえ…」

寒くはない、と続ける代わりに、睫を伏せる。

大きな手だ。エウロラの首など、苦もなく一握りにできるのだろう。骨張ったそれには、歪《いびつ》な傷痕がいくつも重なり合って走っていた。

「それならいいが」

こぼした男が、暁色の髪を搔き上げようとする。その動きを追い、エウロラは華奢《きゃしゃ》な顎を持ち上げた。いや、擦《す》りつけたのだ。冷えた鼻筋を。そして、唇を。

「聖…」

わずかに見開かれた双眸が、エウロラを映す。逸らすことなくそれを見返し、エウロラは薄い唇を開いた。

「我が、王」

ごつごつとした掌に手を添え、口づける。

恭順を、示す動きだ。無論、それ以上のものをも。もう一度掌底《しょうてい》へと走る傷痕に唇を押しつけると、男の親指が上唇に触れた。

「っ、ふ…」

制止を求める、動きではない。試し、見定める動きだ。エウロラのなにを、確かめようとしたのか。前歯を押し上げられる気配を感じ、エウロラは顎の力を解いた。

「ん…」

ぐ、と指を進められると、乾いた皮膚の感触が唇の内側にこすれる。生々しいその固さと指の太さに、じんと重い痺れが口蓋《こうがい》へと散った。

「この身の全てを差し出す覚悟、か」

それは二日前の夜、エウロラが告げた言葉だ。望みが叶うなら、惜しむ体などない。深く屈《かが》んだ男に鼻面を寄せられ、軋《きし》るような唸りが瞼へと落ちた。

「聖女殿には、驚かされ通しだな」

続いた舌打ちの苦さには、果たしてどんな意味があったのか。瞬こうとしたエウロラの眦《まなじり》に、ラシードの口が当たる。

今度こそ酷く、囓られるのか。痛みを予感し身構えたが、眦に重なったのはあたたかな唇だ。

「っ…」

高い音を立てた唇が、薄い皮膚を吸う。思いがけないやわらかさに息を詰めると、同じ唇が頤へと落ちた。

「な、王…」

鼻先に、そして頬骨に、口づけられる。驚きで顎を引こうとしたが許されず、れろりと左の瞼を舐められた。

「大人しくしていろ」

命じた口が、鼻梁を囓る。食い込んだ痛みより、吹きつけられる息の熱さを無視できない。動揺に跳ねた膝の動きを、拒むものと誤解したのか。太い臑《すね》で右足を押さえられ、発達した腿《もも》の重さが直接内腿へと伝わった。

「…んぅ」

大きく傾けられたラシードの口が、顎先を食《は》む。そのまま頑丈な腕で引き寄せられ、厚い胸板にエウロラの鼻先が埋まった。

「ラシ…」

だが、それだけだ。太い腕が首の下にもぐって、胸元深くへと掻き抱かれる。

「寝ろ」

驚きのまま仰ぎ見ると、すぐ鼻先で黄金色の眼が瞬いた。

「です、が…、それでは…」

「明日も早い。それ以上口を開かずに、寝ろ」

繰り返されても、頷けるはずがない。

エウロラは供物だ。その役割を果たすことなく、目を閉じろと言うのか。

「……っ、ぁ…、も、申し訳、ありません…」

寝ろと、命じられたのだ。この身の、そして侍女たちの命をも握る男に逆らうことは、賢明ではない。分かってはいるが、だからこそ突きつけられた可能性に背筋がふるえた。

「私が…、男の身であるが故、王がご不快に思われるのは、十分…、承知しております。ですが…」

聖女、という言葉が示す通り、神殿に仕える者はアウェッラーナ姫と同じく乙女であることが求められた。そのため王家に連なる姫は婚姻が決まるまで、ほぼ例外なく巫女としてすごした。だがヒィズドメリアの王家に、必ず暁の髪の女児が生まれるとは限らない。なにより生まれたとしても、それが幽精の祝福を纏う者である保証はないのだ。

占術の才を持つ者、あるいは幽精の瘴気を祓う清らかなる者。そうした資質に恵まれた者であれば、男児であろうと聖泉に仕える。それが王家の不文律であり、エウロラもまたそうやって育てられた。

ミシュアル王の元では、尚更《なおさら》だ。

征服した国から持ち帰られた一介の占術師では、価値が下がる。伝説に裏打ちされた、聖女。そうであることが、エウロラの託宣に輝きを与えるとミシュアル王が考えた思惑通りに、兵は絹と宝石によって飾り立てられた聖女に熱狂した。

「ですが…、ご不快であっても、禍を遠ざけ、呪いを濯ぐ役目は…」

己が肉体を以て呪いを拭う役目は、女性のみが果たすものではない。

エウロラはアウェッラーナ姫の血に連なり、聖泉に仕える者だ。男の肉体に触れるのは不快だろうが、聖女として王の呪いを濯ぐ役割は間違いなく全うできる。そう絞り出そうとした口元を、大きな手が摑んだ。

「っぐ…」

「黙っていろと、言っているだろう」

鼻先で爆ぜた唸りは、獣のそれだ。びりびりと皮膚を痺れさせる響きに、息が詰まる。見開かれたエウロラの目の色に、ラシードの眉間が歪んだように見えたのは錯覚か。ぎ、と歯を剝いた男が、エウロラの頭を左右から捕らえた。

「王…」

謝罪の言葉を、繰り返す猶予《ゆうよ》もない。唇へと嚙みつかれ、エウロラは痩軀を悶《もだ》えさせた。

「…ん、ぁ」

重なった唇は、エウロラのそれよりも大きく、肉感的だ。意外なやわらかさに驚く間もなく、れろ、と熱い舌で肉の隙間を舐められた。

「ふ…」

瞼に、顎に、眉《まゆ》に、繰り返し口づけを落とされたのは、つい今し方のことだ。だが好き勝手にエウロラを嚙った男が、唯一触れなかった場所がある。

唇だ。

意図的に、避けていたのか。その男の口が、今はエウロラの唇を食み、犬のように舐めた。

「うぁ、んぅ…」

頭を摑んで顎を引き上げられると、どうしたって顎がゆるんでしまう。開いた歯列に舌を突き入れられ、にゅぷ、と水っぽい音が鳴った。

「…ふ、ぁ王…」

皮膚が薄い場所とはいえ、瞼を舐められるのとはまるで違う。ぬれた筋肉の強靭《きょうじん》さを直接舌に感じ、ぞわっと首筋に鳥肌が立った。顎を引こうにも、複雑な形をした口蓋を舌先で引っ掻かれるとたまらない。びりびりとした痺れが喉奥に溜《た》まって、口腔《こうくう》に唾液が湧いた。

「うう、ん…」

もがいた爪先が、硬い男の腿に当たってしまう。苦にならないはずはないのに、ラシードは呻《うめ》き一つもらしはしない。代わりにぢゅ、と音を立てて舌先を吸われ、心臓が胸郭《きょうかく》を痛いくらい叩いた。

「んん、ひぁ…」

熱くて、息苦しくて、口腔が痺れる。もうラシードの舌を押し返したいのか、もっと舐めてほしいのかさえ分からない。ずる、と舌が退く動きに、甘えるような呻きが鼻から抜けた。

「…んぅ」

どれほど深く、差し込まれていたのか。口腔から失せたものの体積を埋めきれず、痺れきった舌先がひくついた。

「聖女がほしいわけではないと、何度言えば分かる」

鼻先を掠《かす》めた唸りは、口づけと同じくらい熱い。だが舌打ち混じりの叱責に、氷塊《ひょうかい》を押し当てられたように背筋がふるえた。

「ぁ、王…」

「聖女の役割だの、お前が男かどうかだの、俺にとって糞ほどどうでもいいことだ」

吐き捨てた口が、ぬれきったエウロラの下唇を食む。顎までを甘く嚙まれ、声にならない呻きがもれた。

「だが、お前の頭のなかに他の男が棲みついているなら、話は別だ。そいつのために投げ出されたお前に、涎《よだれ》を垂らして飛びかからない程度の見栄が俺にもある」

「な…」

そんなつもりは、更々ない。訴えようとしたエウロラの口を、厳つい手が塞《ふさ》いだ。

「っ、ぅぐ…」

「分かっている。黙れ」

繰り返した男が、痩軀を抱え直す。首の下に腕を差し入れられ、先程までより深く抱き寄せられた。

「待…」

「同じことを言わせるな。見栄だ」

続け様に落とされた舌打ちは、誰に向けられたものだったのか。突き出されたラシードの下唇の形に、エウロラは朝焼け色の瞳《ひとみ》を瞠った。

王、と、呼びかけようとしたエウロラの唇を、頑健な歯がもう一度嚙み取る。露骨な情欲を示すそれは、どんな言葉よりも雄弁だ。

「ぁ…」

「寝ろ。俺の気が変わる前にな」

命じた男の手が、エウロラの頭を自らの胸元へと押しつける。夜の闇が体を包んで、驚きと混乱に瞼が落ちた。

駄目《だめ》だ、こんなこと。頭では分かっているのに、巻きつく腕の重さに負けて指先一つ動かせない。冷えた爪先に足を絡められると、忘れていた疲労が頭の芯《しん》を痺れさせてゆく。

慣れない荒野ですごした日々は、エウロラから体力を削り取って余りあるのだ。氷のようだった爪先に、男の熱が移る。それを懐かしいもののように感じ、エウロラは抗いがたい寝息をこぼした。

「……これは、必要でしょうか」

花弁のような唇から、唸り声がもれる。荷車が作る日陰《かげ》で、エウロラは秀麗な眉間に皺を刻んだ。真昼の日差しは鋭いが、陰に入ると随分楽になる。先を急ぐ商隊にとっても、水場での休息は不可欠だ。木陰や駱駝が落とす影に、砂埃に汚れた男たちが思い思いに体を寄せていた。

「棗椰子《なつめやし》は嫌いか？」

不思議そうに尋ねたラシードが、飴《あめ》色の果実を差し出してくる。しっとりと干された、棗椰子だ。小ぶりで形が崩れてはいるが、やわらかそうな果皮は艶々《つやつや》と輝いている。

「いいえ、そのような話ではなく…」

「ヒィズドメリアの都はここより随分北だったはずだな。棗椰子を喰う習慣は、なかったか？」

振動を伴う低声が、耳穴へと直接注がれる。ぞわりとした痺れが奥歯にまで浸《し》みそうで、エウロラはちいさく身動いだ。だがそっと距離を取りたくても、重い腕を腰に回されていてはどうにもできない。

荷台に腰を下ろしたラシードの、その股座《またぐら》だ。頑丈な男の胸板を背にする形で、エウロラは左右の足の間に抱えられていた。

「尤《もっと》もかつてヒィズドメリアは、沈黙の海を越えこの辺り一帯までを支配していたと言われているが」

「大昔のことでございます。事実かどうかも、今となっては…」

ヒィズドメリアの国土が大陸の広い範囲を占めていたとされるのは、神話にも等しい過去のことだ。エウロラが知るヒィズドメリアは、凍えた色の空の下に壮麗な尖塔を並べた冷たくもうつくしい国だった。

「そうなのか？　貿易路沿いに水が湧くのは、ここを支配していたヒィズドメリアと、その聖女殿の恩恵だと言う者もいるくらいなのに」

それはまた、古いお伽噺《とぎばなし》を。苦く笑ったエウロラの口元へと、ラシードが艶やかな果実を突きつける。

食べろと言うのか。王の、その手から。

「先を急ぐ旅だ。水を飲んでいるだけではすぐに倒れる。こいつは比較的食べやすいはずだが、どうだ？　口移しでないと食べられないと言うなら、善処…」

「頂戴いたします」

脇《わき》腹の薄さを手で確かめた男が、自らの口に棗椰子を銜《くわ》えようとする。そうされるより先に、エウロラはラシードが手にした棗椰子へと食いついた。

「っ……！」

果皮に歯を立てた途端、濃厚な甘さが口に広がる。

粘り気のある果肉は、故国で食べたどんな菓子よりも甘い。奥歯で噛み締めると、果肉ごと舌が溶けてしまいそうだ。

「美味いか？」

こぼれそうに目を見開いたエウロラが、面白《おもしろ》かったのか。立てた膝に肘《ひじ》を乗せた男が、もぐもぐと口を動かす聖女を覗き込んだ。

「…美味しい、です」

悔しいが、そうとしか言えない。この地域において、棗椰子は毎日のように口にする食べ物だ。だがラシードが差し出したそれは肉厚で、不思議なことに生《き》のまま食べるより瑞々《みずみず》しく感じられる。真剣に咀嚼《そしゃく》するエウロラを眺め、男が満足そうに双眸を細めた。

「食わねば体が保《も》たんからな。お前はよく俺たちの糧食に対応してくれてはいるが、この暑さだ。無理をせず、食えるものを食え」

「……すみません、ご迷惑をおかけして」

見透かされて、いたのだ。

悪路《あくろ》を急ぐ連日の移動は、屈強な男にとっても決して楽なものではない。幸いエウロラには荷台の一角が与えられていたが、それでさえ車輪が石を踏むたび体中に痣《あざ》と擦り傷が増えた。荷台を降りても振動が続く錯覚があり、なにかを食べたいとはとても思えない。

だがこれは、物見遊山《ものみゆさん》の旅ではないのだ。食事が取れなければいっそう体力を削られ、行軍の足を遅らせることになる。どうにか食べ物を口に運んできたつもりだったが、十分とは言えなかったのか。

苦く引き結ばれたエウロラの唇を、無骨な指が拭った。

「謝るなら、お前がもっと早く音を上げる方に賭《か》けて、身ぐるみを剝がされた奴《やつ》らにするといい。俺は大勝ちさせてもらっているので、礼を言わせてもらうがな」

「な…、賭け、とは…」

驚くエウロラの唇に、もう一度艶やかな棗椰子が寄せられる。甘い香りの誘惑に、久し振りにぐぅ、と腹が鳴った。

「聖女殿が思いの外我慢強くて、皆驚いている。…どうした、やはり口移しでないと食…」

低く脅されれば、拒むことは難しい。決して、棗椰子が美味しすぎたせいではないのだ。ぱくりと飴色の棗椰子に齧りついたエウロラが、やはりおかしかったのか。瘦軀を抱えた男が、愉快そうに肩を揺らした。

「王…」

声こそ、上がらない。だが明朗《めいろう》に破顔《はがん》したラシードの横顔に、息が詰まった。

驚いているのは、エウロラだけではない。三々五々周囲の木陰に散らばり、休息を取っていた隊の男たちもまた、信じられないものを見る目でこちらを窺っている。当然だろう。呪いの凶王と懼《おそ》れられるラシードが、聖女を膝に乗せ歯をこぼしているのだ。

「どうした？」

自分は余程驚いた顔で、王を注視していたらしい。棗椰子を摘《つ》まんだラシードが、逞しい首を傾けた。

「……さすがにやりすぎかと存じます。いくら皆を安心させるためのお芝居とはいえ、これでは…」

ひそめた声が、ふるえそうになる。

そう、芝居だ。

ラシード王は、暁の聖女を娶った。聖なる者と交わったことで、一時とはいえその首に巻きつく呪いから解き放たれたのだ。

その事実を、隊の者たちにいかに示すか。手段としてラシードが選んだのが、これだった。

「莫迦を言うな。この場で俺たちがおっ始めたところで、皆仲睦《なかむつ》まじいと思うだけで終いの話だ」

不穏な言葉を吐いた男が、がじりとエウロラの耳殻に齧りつく。ぎょっと隊員たちが目を剝く気配に、エウロラは堪《た》えきれず低く唸った。

「ご冗談がすぎます。皆、安心するどころか怯えているではありませんか」

明らかに、戦慄《おのの》いている。命の保証のない行軍のなかで、これほど機嫌のよい王を目にするとは思っていなかったのだろう。互いに視線を見交わす兵たちのなかで、ハカムだけがまるで関心のない顔をして真《ま》っ直《す》ぐにこちらを眺めていた。

「確かに、お前に見惚れる不埒《ふらち》な輩は、俺の不興を買うだろうことに怯えるべきだな」

なかなかの減らず口ではないか。にたりと笑う男に、エウロラは隠すこともできず渋面《じゅうめん》を作った。

エウロラとラシードが初夜を迎えたのは、四日前の夜のことだ。だが実際のところ、二人はいまだ性交には至っていない。

ただ、寝ただけだ。文字通りこの四日間、ラシードは商隊宿であれ野営地であれ、エウロラをその腕に抱え眠っただけだった。

「また、そのようなことを…。この荷車の隅《すみ》さえお借りできれば、外には出ないよう努めます。ラシード様がお呼び下さった時にのみ、お部屋に通うことにすれば、それで十分、皆様にご納得いただけるのではないでしょうか」

それは初めて共に迎えた朝にも、エウロラが進言したことだ。

聖婚を果たしたと喧伝《けんでん》するために、なにも隊員たちの前で仲睦まじくすごしてみせる必要はない。秘密の露見《ろけん》を恐れるならエウロラから人を遠ざけ、必要な時だけ自分の寝台に呼べばいいことだ。捕《ほ》虜《りょ》である聖女を粗雑《そざつ》に扱ったところで、ラシードの首尾を疑う者などいないだろう。

「お前を箱に閉じ込めて、好きな時に取り出せば十分だと？　随分簡単に言うのだな」

男臭い眉をひそめたラシードが、棗椰子を差し出す。動物に餌《えさ》でも与えるような気持ちなのだろうか。だがなにかを美味しいと、そう感じられたのは本当に久し振りのことなのだ。促されるまま、エウロラは大人しく口を開いた。

「…どう取り繕ったところで、私はミシュアル王の元にいた身です。その私を、ラシード様は寛大にもこの隊に加えて下さいました。いかようにでも、お取り扱い下さい」

正直なところ、何故ラシードが自分を手元に残す気になったのか、その真意は測りがたい。エウロラが気に入ったと、男は言った。無論、そんな言葉を鵜呑《うの》みにできるはずはない。

故国の滅亡を理由に、ラシードの同情が引けたとも思わなかった。そうした悲劇は、決して珍しくはないのだ。王自身が口にした通り、利用価値と天秤にかけたところで、この首を刎ねてしまうのが最も安全で簡単な策であるはずだ。

それにも拘らず、ラシードはこうしてエウロラを手元に置いていた。ただの気紛れか、あるいはそれ以上の意図があるのか。いずれにしても、ラシードは必要であればいつでもこの首を刎ねることができた。聖女の能力を頼りにしない以上、王にはそれを躊躇する理由が一つとしてない。

いざとなれば、即座に殺せる。その心づもりがあるからこそ、ラシードは自分を生かしているのだろう。

「好きに、取り扱っているが」

笑った王が、する、とエウロラの臑に頑丈な踵《かかと》を擦りつける。布越しとはいえ、そんな場所に他人の体温を感じるなど平素ではあり得ないことだ。ぞく、と鳥肌を伴う痺れに舐められ、親指が丸まりそうになる。なによりラシードに足を絡められると、自分がいかに大柄な男に抱え込まれているか、嫌でも実感させられた。

「っ…、こんなふうに、揶揄《からか》ったりなさらず、私にしかできないことで、お役に立てたらと…」

「お前は十分、役に立ってくれている。お前にしかできない方法でな」

夜も、とわざとらしく耳穴へと声を注がれ、肩がふるえる。逞しい腕のなかで身を捻《ひね》ると、男が水で満たされた盃《さかずき》を引き寄せた。

「ですから、たとえば…」

「実際お前のお蔭で、大変よく眠れている」

頷いたラシードが、エウロラの唇へと盃を寄せる。器用に器を傾けられ、エウロラは慌てて顎を持ち上げた。

「っぅ…」

「昼間はこの有り様だが、夜は冷えるからな。お前を抱えて寝ると、足先まであたたまって夢も見ない」

確かにラシードは、エウロラの傍らでよく眠った。

万が一にも自分がミシュアル王と通じていて、ラシードの寝首を狙《ねら》ったらなんとする。そんな心配が、思わず頭を過るほどだ。無論全ては杞憂《きゆう》で、エウロラが寝所に入る際にはハカムが用意した夜着以外身に着けることは許されていない。たとえ馬乗りになって首を絞めたところで、自分の力では難なく払い落とされて終わるだけだろう。

「行火《あんか》としてお役立ていただけて光栄です。しかし、そうではなく、今日…」

喘《あえ》ぎ、エウロラは盃を持つラシードの肩に掌を重ねた。一つ大きな息を吐き、黄金色の双眸へと目を凝らす。

「今日…、兆を見つけられたら、迷わず左手をお選びになって下さい」

言葉は意外にも、簡単に音になった。左手、と告げたエウロラに、王が眉を引き上げる。

「なんだ、兆とは」

「その時になれば、分かります」

迷わず応えたが、ラシードには不十分だったらしい。まるで信じていない眼をした男が、笑った。

「やはり占術というやつは、性に合わんな」

「待…」

抗議しようとしたエウロラの口の端から、注がれ損ねた水が伝う。首を伸ばした男が、べろ、と当然のようにそれを舐め拭った。

「それより、寝所で互いにあたたまる方法を模索する方が余程俺には合っている。お前が俺とそれを試したいと言うなら、今夜にでも喜んで模索したいところだ」

「っ、ちゃんとお聞きに…」

どこまで、本気なのか。いや、どこまで執念深いのか。

誘いと恨み言とを唇に吹きかけられ、あ、と声がもれそうになる。犬のように伸ばされた舌は、口の端を舐めはしたが唇に重なっていない。それでも鼻梁は、ぶつかる距離だ。顎を引いて顔を伏せようとすると、意地の悪い男が歯を見せて笑った。

「……長」

呆《あき》れたような呼びかけは、エウロラの口からもれたものではない。ぎょっとして視線を振り向けると、荷車の傍らに二つの影が落ちていた。

「お取り込み中のところ、恐れ入ります。ただ今クノースより使いが戻りました。約束通り、お会いになりたいとのことですが」

言葉ばかりは丁寧に、ハカムが礼を取る。その傍らで身を低くしているのは、隊に加わる兵の一人だ。

この水場を休息地に選んだのは、人と落ち合う予定があったためか。息を詰めたエウロラを腕に抱き、商隊の主《あるじ》らしく長と呼ばれたラシードが頷いた。

「問題がなければ、このまま出る」

「そうしていただけますと助かります。聖女様のご祈禱が終わらず、出発にまだお時間がかかるのではと危惧《きぐ》する者もおりましたので」

「賭けていたのか」

ラシードを相手に、これほど慇懃《いんぎん》で辛辣《しんらつ》な軽口を叩ける者がいることには、毎回驚かされる。王も、ハカムの直截さには慣れているのだろう。舌打ちしたそうな唇をエウロラへと押しつけて、ラシードが荷台から降りた。

「お前を儲《もう》けさせてやったかと思うと腹が立つが、致し方ない。皆から巻き上げた金で、エウロラになにか美味いものでも食わせてやれ」

「長ともあろう方が、私の懐に手を突っ込むおつもりで？　実際に私が聖女様を連れ出したなら、嫉妬の炎で国を焼きつくしかねないくせに」

大袈裟に見開いてみせるものの、やはりハカムの目は笑ってなどいない。無礼にもほどがあるが、ラシードは怒鳴りもせず一瞥《いちべつ》しただけだ。

「分かっているなら、精々火達磨《ひだるま》にならないよう努めろ」

命じた王へ、控えていた兵が腰を低くしたまま進み出る。見れば何人かの男たちが、馬の準備を整えこちらを窺っていた。

「エウロラ様は、隊の出立までもうしばらくお休み下さい。なにか他にもお召し上がりになりますか？」

馬へと向かうラシードを確かめ、ハカムがエウロラへと向き直る。王の手から棗椰子を与えられていたことは、彼もよく分かっているはずだ。もう少し食べるかと気遣われ、エウロラは首を横に振った。

「大丈夫です。十分頂戴しました」

「いくら私といえども、エウロラ様よりなにかしらの金子《きんす》を巻き上げ…いえ、頂戴する真似《まね》はいたしません。いただくなら長の懐からにいたしますので、どうぞご安心してお申しつけ下さい」

深く礼を取ったハカムに、エウロラが暁色の瞳を瞠る。

「まさか、そのような心配など。…もしよろしければ、お言葉に甘えて侍女たちの様子を確かめていただいてもよいでしょうか。私は出発までここで休ませていただきますが、なにかできることがあればいつでもお声がけ下さい」

本来ならハカムに所用を頼むどころか、馬の世話などの仕事を買って出るべき立場だろう。だが食事を取ることと同様に、体を休めることも今のエウロラには疎《おろそ》かにできないものだ。無理を押して倒れでもしたら、それこそ今以上に隊の荷物となる。役立たずであることを恥じるより、せめて体調管理に努めなければ。

そうしたエウロラの胸の内などは、すっかり看破しているのか。ハカムが珍しく、涼しげな眉間を歪めた。

「お気遣いなどなさらず、ゆっくり休息を取られて下さい。ただでさえ我が主のお相手で、手一杯でしょうから」

真顔で気遣われても、頷くことは難しい。

ラシードが御しやすい男でないことは、分かりきっていることだ。だからと言ってそんな軽口に応じられるほど、エウロラは素直でもなければ無防備でもなかった。

「王の…いえ長の寛大さに感謝こそすれ、手一杯だなどとは」

「隊の者は皆、喜んでおります。よもやこのような場所で、聖女様をお迎えできるとは思っておりませんでした故」

呪われた王と懼れられるラシードは、他の誰よりも聖女を必要とする者だ。それにも拘らず、王はこれまで聖婚に見向きもしてこなかった。そんな王が、今はこうしてエウロラと寝所を共にしているのだ。その事実によって隊の者たちが安堵《あんど》できているなら、ラシードの狙いは果たされたことになる。

「ミシュアル王の元にいた私を信頼いただくことは、どなたにとっても難しいことと存じます。王のみならず、隊の皆様の寛大さに感謝申し上げます」

ミシュアル王の傍らで、エウロラがどんな託宣を告げてきたか。その詳細を知り得る者は、ゴールスにおいてさえ限られている。だがゴールス内は勿論、敵対する国々でもミシュアル王の快進撃を支える聖女の噂《うわさ》は広く知られていた。

どの戦で、どんな託宣がもたらされたのか。それによりミシュアル王がいかに勝利したのか。人の噂に上るうちに、尾鰭《おひれ》がついたものも多い。それでも重要な戦いのいくつかにおいて、聖女の存在が敵陣に多大な損害を与えてきたのは事実だった。

ゴールスの兵たちは、エウロラを勝利の聖女と崇《あが》める。だが踏《ふ》み拉《しだ》かれた国にとって、ミシュアル王を助けるエウロラは魔女に等しい。この隊に引き渡された夜、エウロラを斬れと叫んだ青年の反応こそが当然のものなのだ。

ハカムは隊の皆が喜んでいると、そう言ってくれたが、現実はどうか。聖女と交接したことでラシードの呪いが濯がれている点には、兵たちも胸を撫で下ろしているだろう。だがその聖女がミシュアル王を守ってきたことを、承服できない者も多いはずだ。事実、隊においてエウロラに向けられる視線は、全てが好意的とはとても言いがたかった。

「…聖女というものは、皆このようなものなのですか？」

エウロラの返答は、些《いささ》か皮肉がすぎたのかもしれない。あるいはやはり、ハカムが飛び抜けて率直なのか。真顔で首を傾《かし》げたハカムに、エウロラは暁色の瞳を瞬かせた。

「このような、とは」

「並外れて謙虚。腹が読めないほどに利他的…。エウロラ様は病に倒れた侍女を見捨てずテティの神殿に居残り、我々の手に落ちた今でも彼女たちをいつも気遣う。しかし個人的に、親しいご様子はない。隊の者たちにも分け隔てなく接し、なによりあの王の…誰もが懼れる呪いを厭うことなく、眼を見て言葉を交わされる…」

淀みなく挙げるそれらに賛辞が籠《こ》もっているかと言えば、どうか。形のよい唇から唸りをこぼされ、エウロラはちいさく笑った。

「お気に障る点がありましたら、ご容赦下さい。私は…」

「そこです。エウロラ様は、いつでも非の打ち所のない聖女であらせられる。…聖女とは、皆そうしたものなのでしょうか」

真っ直ぐにエウロラを見るハカムには、もしかしたら本当に批判の意図はないのかもしれない。知らず口元の笑みが深くなるのは、人の好《よ》さに因るものとは違う。

むしろ、その逆だ。静かな笑みに胸の内を隠し、エウロラはそっと首を横に振った。

「私が完璧《かんぺき》であるとは、とても申し上げられません。ただ聖女とは…、私が知る聖女というものは、確かに欠けるところがなく誠実で、真実他者を思いやる者でした」

そうだ。エウロラが知る、聖女は。胸を過った思い出に、鈍い痛みが喉の奥を塞ぐ。愛おしいぬくもりを辿るように、エウロラは胸に掌を重ねた。

「私も少しでもそれに近づけるよう、努力したいと思います」

そう続けたエウロラの言葉は、どこまでハカムを納得させられたのか。はっと瞬いた青年が、改めて丁重に頭を下げた。

「お許し下さい。あのような主の元、黄金の重さこそが命の重さと心得て生きているが故でしょうか。少々私の猜疑《さいぎ》心《しん》は強くなりすぎたようでございます」

生真面目な謝罪は、言葉だけのものとは思えない。膝を折ろうとするハカムに驚き、エウロラは慌てて首を横に振った。

「おやめ下さい。どなたであれ、私を警戒するのは当然のことです」

「己の不明を重ねてお詫びいたします。ですが私自身、聖女様をお迎えできたことに感謝しているのは事実でございます」

制止を聞くことなく、ハカムがしなやかに膝を折る。曇りのない双眸が、逸らすことなくエウロラを見た。

「たとえ一時であろうとも、長が呪いから解放される日が来ることを、我がルキの者は長く祈念して参りました。ですが今はそれ以上に、あのお方がエウロラ様を歓迎しておられることを、嬉《うれ》しく思います」

聖女の託宣をまやかしだと断じる男が、理由はどうであれエウロラを手元に置いているのだ。それはハカムにとっても、驚くべきことなのだろう。深く頭を下げた商人に、エウロラは先程までとは異なる笑みを口元に掃いた。

「…私たちはお互いに、長の寛大さと気紛れに感謝する間柄だということですね。…ハカム様は、長とは古くからのおつき合いなのですか？」

行儀のよさを捨てたエウロラの口吻が、気に入ったのか。ハカムの双眸に、初めて笑みらしい笑みが浮かんだ。

「古いと言えば、古いでしょうか。フェルマシェ攻略に際して、長は王族でありながら、我が一族と一冬《ひとふゆ》寝食を共にされました。それ以来、私はこうしてお側でお仕えしております」

「フェルマシェ…。ではあなたも、あの籠城《ろうじょう》戦を？」

それはカルブサイドの王、ラシードの戦歴のなかでも特に知れたものの一つだ。

先の戦で人質に捕られたカルブサイドの王族の解放交渉は、一年近い月日をかけても尚難航していた。金銭での折り合いがつかなかっただけでなく、見せしめのための処刑が噂されていたのだ。城塞都市であるフェルマシェに幽閉された第二王子を、救出する。その任を担ったのが、王位を得る以前のラシードだ。

「まさか。城塞内に入っていたなら、私は今頃生きてなどおりませんよ」

きっぱりと、ハカムが否定するのも無理はない。

死んだのだ。

城塞内にいた者の全てが、死んだ。ただ一人、ラシードを除いては。

「それでは…」

あなたは、と続けようとしたエウロラの言葉が、半《なか》ばで途切れる。声が、聞こえたのだ。叫ぶようなその声に、はっと顔を上げたのはエウロラだけではない。ハカムもまた、異変を察して大きく視線を巡らせた。

「様子を見て参ります。エウロラ様はここに…」

留まれと、そう告げるつもりだったのだろう。確かに王が不在の今、大人しくハカムの指示に従うべきだ。分かっていたが、気がつけばエウロラは荷台から飛び降りていた。

「エウロラ様！」

制止の声が聞こえたが、止まることはできない。

確信があった。むしろ、気づくのが遅すぎたと言える。ハカムの声を背中に聞きながら、エウロラは疎《まば》らな草を踏み拉いた。

隊が休息を取っていたのは、街道沿いにあるちいさな湿地だ。かつては整備された井戸と、数軒の集落があったのだろう。だがミシュアル王が攻め落とした土地の多くがそうであるように、ここもまた荒廃が進んでいる。

声は、朽ちかけた家屋の陰から聞こえたらしい。携行用の水を準備していたのだろう。侍女の一人が、革袋を手に井戸の傍らで立ちつくしていた。

「離れなさい！」

強く響いたエウロラの声に、ぎくりとして侍女が振り返る。恐怖に竦んでいるその顔が、エウロラに気づき殊更《ことさら》白く血の気を失うのが見て取れた。

「せ、聖女様…」

声の正体を、指し示そうとしたのか。がちがちと奥歯を鳴らした侍女が、建物跡に向け腕を伸ばした。

「下がりなさい、早く！」

声を聞きつけ駆けつけたのは、エウロラだけではない。藪《やぶ》へ踏み入ろうとした兵の前で、がさりと音が鳴った。

「ひ…！」

屈強な兵士でさえ声を上げるのも、無理はない。

男が二人、縺れ合うように倒れていた。

一人は、まだ若い商隊の一員だ。尻餅をついたその兵に縋《すが》りつく形で、見知らぬ男が蹲《うずくま》っていた。

「た、助けてくれ！　こいつが…！」

エウロラたちに気づいた兵が、上擦った声で叫ぶ。

若い兵は、おそらく見知らぬ男に気づき誰何《すいか》したのだろう。そしてその男に取り縋られ、縺れるまま藪へと落ちたのか。

兵に縋っているのは、四十代と思われる髭面の男だ。どこかの商隊の一員か、あるいは地元の人間かもしれない。汚れた衣類からは判別がつかないが、尋ねたところで応えが返らないのは明白だった。だらりと開いた男の口からは、一見して分かるほど熱く早い息がこぼれている。対してどす黒い顔色は、すでに生者のそれではない。

「駄目です！　触らないで！」

慌てて仲間を引き起こそうとした兵を、エウロラが制する。驚く隊員たちに構わず、エウロラは立ち上がろうともがく若い兵へと駆け寄った。

「すぐに着ているものを脱いで、水を浴びて下さい。誰にも、なににも触らないで」

若い兵士に手を貸して、咳《せ》き込もうとする髭面の男を引き剝がす。

むわりと、汚臭《おしゅう》に混ざってなにかが立ち上《のぼ》る気配があった。藪に転がった髭面の男が、虚ろに瞬く。だがなによりも恐ろしいのは、落ち窪んだ目でも不気味に腫《は》れた首でもない。開きっぱなしの唇の奥から聞こえる、ごろごろとした喉音だ。

「死病、だ…」

悲鳴に近い声が、背後の兵からこぼれる。

彼の言う通りだ。

いかに勇猛な兵士でさえ、これに勝つことはできない。体を内側から壊し、時に皮膚を爆ぜさせる病が、髭面の男を侵していた。

「おやめ下さい、エウロラ様！　離れ…」

駆け寄ったハカムが、エウロラの肩を摑もうとする。その膝先で、髭面の男が大きく咳《しわぶ》いた。

「ひ…」

悲鳴を上げた侍女が、転がるように距離を取る。それが、正しい。立ち上がろうとする髭面の男を制し、エウロラはハカムに首を振った。

「近寄らないで下さい。私は、大丈夫。瘴気を…、咳を浴びた者は一人ずつ身を清め、他の者とは離して休ませて下さい」

「ですが、エウロラ様…」

「言ったでしょう、平気です。服は私が処理しますから、ハカム様は早く」

声に滲《にじ》む確信を、どう判断すべきか。躊躇を見せた兵たちの眼前で、髭面の男が大きく咳いた。

息を呑む音がいくつも重なったが、しかし皆よく訓練された兵士たちだ。年嵩《としかさ》の副隊長が指示を飛ばすと、それ以上騒ぐことなく男たちがエウロラから距離を取った。

「動けますか？」

体を折り曲げてふるえる髭の男に尋ねるが、返る声はない。日陰に横たえてやろうにも、もう立ち上がる力などないのだろう。黒ずんだ喉の奥で、ごぼごぼと低く不気味な音が鳴っていた。

「ゆっくりと息を吸って。楽になりますから…」

病を患ったために、商隊か、あるいはどこかの集落から棄てられたのか。周囲を見回してみるが、他に同様の人影は見当たらない。腕のなかの体を抱え直し、エウロラは歪に腫れ上がった男の首元へと掌を重ねた。

遠くからこちらを見守っていた侍女が、ひ、と悲鳴を上げるのが聞こえる。構わず血管が浮き出た皮膚を撫でると、黒ずんだ手がエウロラの手を摑んだ。

「すみません。痛みましたか？」

爪までもが黒く染まりつつある男が、ふるえながらエウロラの手を握る。痛むのかと、そっと首元から退けようとすると、縋る強さで腕ごと引き戻された。

「……聖…ぁ、様…」

囁きに近い声が、荒い喉音に混ざる。水疱《すいほう》の浮いた唇が、なんと呻いたのか。聞き返さなくとも分かっている。もう一度、エウロラは男の首筋へと掌を重ねた。

「大丈夫ですから、目を閉じて…」

声が聞こえているかは、疑わしい。それでもとろりと下りた瞼を見下ろし、エウロラは腫れた首筋をさすった。


「お願いです、エウロラ様。せめて、なにか飲み物だけでも…」

天幕越しに、ハカムの声が届く。常にはない強い口調にも、エウロラはそっと首を横に振った。

「ありがとうございます。先程頂戴したものがまだ残っていますから、大丈夫です。それより、ハカム様こそお休み下さい。お疲れでしょう」

風が、天幕を叩く。荒涼としたその音を間近に聞きながら、エウロラは屋外に立つハカムを気遣った。

「私の心配などいりません。それより、あなたの体をあたためるものを……」

「大丈夫です。私も少し早いですが休ませていただきますから、ハカム様もそうして下さい」

納得は、できていないのだろう。だが今夜、ハカムをこの天幕に入れるつもりはなかった。

兵士たちによって用意されたそれは、簡素な造りながら天井が高く、十分な広さがある。本来であれば、今日は更に東へと進んだ商隊宿まで歩を進める予定だった。だが休息地での一件が、隊の足を遅らせたのだ。

疫病の発生は、隊の存続に関わる。藪で倒れ、咳いていた男の姿が蘇り、エウロラは苦い息を絞った。腕に残っているのは、不吉なほど熱い肌の感触と、体の重みだ。強くエウロラの手を摑んだあの男は、太陽が傾くのを待たず死んでいった。

死病、それも幽精の瘴気に肺を侵された者は、長くは保たない。

朝方に咳を始めた者が昼前に倒れ、夕焼けを待たず死ぬことさえある。あの男がどこの誰で、いつから苦しんでいたのか。詳しいことは分からない。だが周囲を見回った兵の話では、同様の病に倒れた者は見つからなかったようだ。身なりからして、おそらくどこかの集落から棄てられるか逃げ出してきた者ではないか。ハカムを始めとした隊の者たちも、そう推測しているらしい。

飲み下しきれない溜《た》め息《いき》が、繰り返し込み上げる。深く息をもらしたエウロラの耳に、風音以外のなにかが届いた。

「エウロラ！」

怒声に近い呼び声に、ぎくりとする。同時に天幕の扉を跳ね上げられ、エウロラは驚きのまま朝焼け色の目を見開いた。

「ラシード様…」

西の空を見れば、そこはまだ十分明るいはずだ。だが天幕へと飛び込んできた巨軀が纏うのは、薄《はく》暮《ぼ》とはとても呼べない。夜そのものを思わせる黒く巨きな影が、鋭利な牙を剝き出しにした。

「どうしてこちらに…、っ、駄目です、お入りになっては！」

昼間、エウロラは死病に冒された者の臨終《りんじゅう》に立ち会った。衣服は処分し髪や体も濯いだが、万が一のことがあってはいけない。天幕の奥へと後退ろうとした痩軀を、大股に進んだ男が捕らえた。

「莫迦を言うな！　俺はそんなに繊細にできてはいない。それよりお前こそ、なにをやって…！」

間近で爆ぜた怒声に、身が竦む。

この男に怯えるなと言う方が、無理な話だ。予定の場所で合流できなかった商隊を探し、馬を飛ばしてきたのか。息と髪とを乱す男の眼光が、恐ろしい色に光った。

「どんな罰でも、謹んでお受けいたします。私がもっと適切に対処できていれば、隊の方々を危険に晒す真似をせずにすみましたものを…」

もっと早く病人に気づけていたら、兵を瘴気に晒さずにすんだ。あるいはもしエウロラが病人の命を救えていれば、兵たちは聖女の力を実感し安堵できただろう。

だがあの髭の男は、為す術もなくエウロラの腕のなかで息絶えた。幸いにも彼に摑まれ咳を浴びた若い兵は、瘴気を肺深くまで吸い込んではいなかったようだ。異変がないことは確かめたが、しかしエウロラの言葉だけでは隊の者たちは不安だろう。息だけでなく、死病には視線を通してさえ罹患《りかん》すると、そう信じて懼れる者もいるのだ。若い兵士はエウロラと同じく、今夜は商隊の者からは離れ荷台で夜を明かすことになっていた。

「他の誰かではない！　危険に晒されたのは、お前自身だろう！」

大声に打たれ、息が詰まる。ぎ、と歯を剝くラシードの形相《ぎょうそう》は、まるで獣のそれだ。だが恐ろしさ以上に言葉の意味が理解できず、エウロラは黄金色の双眸を見返した。

「危険だなどと、私は…」

エウロラは、暁の聖女だ。

病に伏す者の手を取り、苦痛を和らげること。それは当然の行いであると同時に、それこそがエウロラに期待されるものではないのか。

「触ったのか？　本当にこの手で」

腕を摑まれ、ぎくりとする。

「それが、私の務めですから」

頷こうとして、エウロラははっと我に返った。

「ご容赦下さい。浅慮《せんりょ》でした」

エウロラが生きて隊に残されている理由は、呪いを身に受けた王と寝所を共にするためだ。疫病を遠ざけることも重要だが、同じだけ身の清さも求められる。この死病の恐ろしさを、ラシードやその兵が知らないわけがない。瘴気に触れたエウロラが王の寝所に出入りするなど、許せない者も多いだろう。そうかといって、たとえ数日であろうとエウロラが聖婚の閨を離れることになれば、それはラシードの本意ではないはずだ。

「今夜は同じ寝所に上がれませんが、二、三日の後には…」

「違う！」

怒声は、やはり咆吼に近い。ラシード自身も、その響きの強さに気づいたのか。ぎょっと自らの口元を掴んだ男が、低く唸った。

「聖女の務めなど知ったことか。その身を疎かにするなと、そう言っている…！」

鼻先で吐き捨てられても、頷くことはできない。むしろ自分は、怪訝《けげん》そうな顔をしたのだろう。男の顳顬が、益々《ますます》力を蓄えるのが見て取れた。

「お、お待ち下さい。…暁の聖女の価値を、ラシード様はお認めでないかもしれません。ですが私は…、幽精の血を引くとされる私たちは、実際瘴気の影響を受けることは滅多にございません」

「ふざけるな！　影響を受けないだと？　今、自分がどんな顔色をしているか分かって言っているのか」

もう一度怒鳴られ、自らの顔に手を伸ばす。それより先に顎を掴まれ、ラシードの額がエウロラのそれへと落ちた。

「っ、王…」

「やはり少し、熱があるな」

軋るようにもらされ、首を横に振る。

「確かに瘴気に当たれば、いくらか熱が出ます。ですが、それが誰かに広がることは…」

「黙れ」

舌打ちをこぼした男が、痩躯に腕を回す。そのまま軽々と抱え上げられ、傍らの寝具へと運ばれた。

「待、なにを…」

天幕の内側には、積み荷を利用した簡単な寝台が組まれている。毛皮と布で整えられたその上へと下ろされ、エウロラは慌てて上体を起こした。

「検めさせろ」

命じ慣れた者の声が、頭上から降る。鞭のように鋭いその響きに、意志とは無関係に体が竦んだ。そのまま長衣に手をかけられ、急くように胸元の紐《ひも》を毟《むし》られる。

「ラシ…」

やめてくれと訴えたところで、聞く耳があるとは思えない。喘ぎながらも息を整え、エウロラは観念すると男の手に任せた。

「顎を上げろ」

医者がするように、左右の手で顎を引き上げられる。ごつごつとした手が喉元を覆って、エウロラはびくりと身を竦ませた。

「ぁ…」

長衣の前を暴かれ腰帯を引き抜かれると、下腹近くまでが露出してしまう。薄暗い天幕内にあってさえ、エウロラの肌は仄白《ほのじろ》く輝く。燭台の明かりに浮かび上がる痩躯を、強い視線がまじまじと確かめた。

「腫れては、いないようだな」

高熱を発して死に至るその疫病は、死病、あるいは腐死病、もっと単純に死と呼ばれた。症状にはいくらか差はあるが、多くの場合罹患者の首は歪に腫れ上がる。鼠径《そけい》部が腫れる者も稀にいたが、爪が黒く変色し、それが全身へと伝播《でんぱ》する者が多かった。

「傷もない」

エウロラに聞かせるためのものでは、ないのだろう。低く声にして確かめた男の手が、ゆっくりと胸元へと降りる。剣を握り続けたがための、胼胝《たこ》なのか。皮膚が硬化した男の手は厳つく、まるで岩か鋼《はがね》のようだ。

固く握られれば、それは容易に人の骨を砕くだろう。そんな手が、入念にエウロラの皮膚を辿り、その下にある肉の形を確かめた。

「…っ」

胸郭に沿って動いた掌が、肋骨《ろっこつ》を辿る。淡い色をした乳首を掠められ、ぞわりと嫌な痺れが背筋を伝った。

いや、それは厳密には嫌悪とは異なる。我慢しがたい、気持ちのよさに近いのか。ぞくっと甘い痺れが背中に散って、堪えようとすると足の親指に力が籠もった。

「ん…」

「もっと、膝を開け」

膝の間に陣取った男が、長衣を剝いで短く命じる。そこには下卑た響きもなければ、揶揄《やゆ》もない。真剣そのものの眼が、どんな変化も見落とすまいとエウロラの内腿を辿った。

「っ、あ…」

左右の手が脇腹を包むように撫でて、臍《へそ》下をさする。

エウロラが男かどうかなど、関係はない。ラシードはあの夜そう言ったが、実際この肉体を目の当たりにすれば気が変わるのではないか。同じ寝台を使いながら、ずっとそんなことを考えていた。だが今腿のつけ根を辿るラシードの指には、なんの躊躇もない。

欲望からも遠いが、その手つきは怖いくらいに真剣だ。ぴんと張った腿の筋を辿って、窪みにまで入念に手を這《は》わされる。さりり、と淡い陰毛を指で掻き分けられると、我慢できず膝がふるえた。

「んぅ、王…」

右の腿だけでなく、左側にも同じように眼を凝らされる。膝裏に手を入れて持ち上げられてしまえば、尻の奥にまで視線が届いた。

「痛む場所はないか？」

尋ねた男の掌が、左の腿のつけ根から膝までをさすり上げる。ぞくぞくと背筋がふるえて、性器の先端がはしたなく熱を持った。

「大丈夫、です…」

切れ切れに声をもらすが、自身の眼で見たもの以外は信じられないと言うのか。左右の指を大きく広げ、ラシードがもう一度脇腹を、そして胸元を掌で確かめた。

「っ…」

ごつごつとして硬い男の手の下では、自分の皮膚がひどく薄く、脆弱なもののように感じられる。体温が、上がっているせいかもしれない。ふるえるエウロラの肉を、得心《とくしん》がゆくまで検分したのか。執拗《しつよう》なまでに眼を凝らしていた男が、ようやく深く長い息をもらした。

「くそ」

それは、誰に向けたものだったのか。口汚い罵りをこぼした男が、エウロラの左肩へと重い額を落とした。

「王…」

「驚かせやがって」

絞り出された声は、これまで聞いたどんな響きよりも苦い。だがそこに滲む安堵にこそ、エウロラは目を瞠った。

「私は…」

幽精の瘴気に晒されようと、罹患などしない。爪が腐り落ちることも、発熱が誰かの感染に繋がることもないのだ。そう繰り返そうとして、エウロラは言葉を飲み込んだ。

「…確かに、ラシード様がご心配されるのは、当然のことです」

瞬く間に人を蝕み、内側から壊すこの疫病を恐れない者はいない。その猛威《もうい》を己が眼で目の当たりにした王であれば、尚更だ。

「ハカムの奴か」

エウロラがどんな光景を思い浮かべ、そして言葉にしなかったのか。正確に読み取ったらしいラシードが、短い舌打ちをもらした。

尤も、真剣に怒っているわけでないことは分かる。納得がゆくまでエウロラを検め、いつもの冷静さを取り戻したのか。奥歯を噛んだ王が、裸に剝いた痩軀へと毛皮を引き上げた。

「どうせフェルマシェの話を聞かされたのだろう？　いや、ハカムから聞くまでもなく、知っていたか」

それは確かに、昼間ハカムが口にした城塞都市の名だ。

難攻不落のフェルマシェ。

戦で虜囚となったカルブサイドの第二王子は、城塞都市内にある主塔に囚われていた。カルブサイドは多額の身代金を用意したが、フェルマシェを支配下に置く領主は首を縦に振らなかった。そのためカルブサイドはルキ族と手を組み、街を包囲したのだ。

フェルマシェが難攻不落と呼ばれる所以《ゆえん》は、城壁の堅牢さだけでなくその地下水の豊富さにある。包囲は完成したものの膠着《こうちゃく》状態が続くなかで、遂には王子の処刑の日程が噂されるようになった。そのためラシードを中心とした急襲部隊が、組織されるに至ったのだ。

言うまでもなく、敵陣深くに侵入し、城内の虜囚を救い出すなど狂気の沙汰《さた》だ。だが、ラシードはそれを果たした。少数の手勢を率いて地下より侵入し、城内に辿り着くと実兄である第二王子を奪還したのだ。

しかし、そこまでだった。

内通者に阻まれたラシードたちは城外に逃げきることができず、敵陣の直中《ただなか》に立て籠もることとなったのだ。

二重構造の包囲の結果は、悲惨の一言につきた。ラシードたちが立て籠もった楼閣《ろうかく》に井戸があったことは、唯一の幸運だっただろう。それでもそこからほぼ三ヶ月にわたる籠城の結末は、目を覆いたくなるものだった。

「…王は、この病の恐ろしさをよくご存知です」

死は、逃れがたい結果にすぎない。腕のよい執行人による斬首が、むしろ慈悲の刑だと言われるのはそのせいだ。

苦痛が強く長く、続くこと。死に至るまでの恐怖こそが、時に死そのものを凌駕《りょうが》する。

飢餓《きが》による長い長い苦しみは、想像を絶するものだ。いつ終わるか定かでない飢えのなかで、ラシードたちはじりじりとその身を磨り減らし続けた。そして籠城の終わりもまた、予想だにしないものとなったのだ。

「俺だけではない。皆、あれの恐ろしさはよく知っている」

形ばかりの笑みが、精悍な男の唇を歪ませる。だがその獣めいた双眸には、一欠片《かけら》の感情も浮かんではいなかった。

「人を、生きながらにして死者に変えるもの…」

エウロラの唇からこぼれた呟きを、厳つい指先が追う。そっと唇を指の背で辿られ、エウロラは長い睫を揺らした。

「確かにな。あれが蔓延すると、生きている連中も、自分と死者の区別がつかなくなってくる」

フェルマシェの城壁の内側には、ある日を境に死があふれた。

カルブサイドとルキ族が包囲するそこへ、ミシュアル王の軍が死病に冒された死者を投げ込んだのだ。

カルブサイドとミシュアル王は、決して共闘していたわけではない。むしろ、当初のミシュアル王軍はフェルマシェの援軍だと思われた。

実際、そうだったはずだ。だが姿を現したミシュアル王軍は、一月経っても正面に陣取るカルブサイドの包囲を突破することなく、東の水辺に留まり続けた。

報酬を巡って、フェルマシェと齟齬《そご》があったのではないか。あるいは加勢するにも、カルブサイドが疲弊するのを待とうとしたのか。憶測は様々あったが、ミシュアル王はどちらかに完全な勝利を与えることも、また双方が交渉の末に手を組むこともよしとしなかったのだろう。

結局ラシードが城内に立て籠もり始めてから二ヶ月近くが経った頃、ミシュアル王は壁の内側に汚れた病死者を投げ込み始めたのだ。

死者だけではない。ミシュアル王は生きた病人や鼠をも、真昼の市街に投げ入れたと言う。死者よりも、生者こそが強烈な瘴気を撒き散らし、病を媒介《ばいかい》することをよく知っているからだ。

尤も疫病に喘ぐ者たちが、生きたまま街の中心に辿り着けるわけもない。それでも投げ込まれた彼らが最期に吐く一息が、そして飛び散った黒い血が、フェルマシェを恐怖に陥《おとしい》れた。

「ですが、ラシード様は…」

「俺だって同じだ。いや、俺の場合は死者どころでさえなかったか」

黄金色の双眸が、なにかを思い出すように瞬く。

唇だけは笑みの形を作ったまま、ごつごつとした手がエウロラの首筋を辿った。

「…俺たちが逃げ込んだ先は歩哨《ほしょう》の房《ぼう》だったお蔭で、最初の一月はなんとか口に入れられるものがあった。その後の一月はみんな食い物のことばかり考えてすごしたが、結局降ってきやがったのはミシユアル王からの贈り物ときた」

まさに、死の贈品か。

水源が豊かで、城壁内に農耕地までを持つフェルマシェの貯蔵庫には、備蓄用の小麦が積み上がっていたという。包囲されているとはいえ、ケス国の要所であったフェルマシェには長期戦に対する備えが十分にあったのだ。しかし真昼の広場に墜落した汚れた肉塊が、全てを変えた。

「俺たちが毒と呼ぶあれを、お前たちは確か…」

なんと呼ぶのか。尋ねたラシードの手が、エウロラの肩を丸く撫でる。熱を、移す動きだ。やわらかな腋《わき》のつけ根を親指で辿られ、んぅ、とちいさな声がこぼれた。

「瘴気、と…。幽精の瘴気と、呼びます」

「そうだったな。…俺たちは食い物のない、狭苦しい箱に詰め込まれた鼠の気分でいたはずなのに、気がつけば外の連中こそが地獄の釜で炒《い》られていやがった」

果たして、どんな光景がラシードの眼に蘇るのか。箱、と王は言ったが、実際に彼らが籠城した部屋は地獄であったはずだ。いかに屈強な者であっても、水しかない場所でどれほど生き続けられるのか。死病が襲うまでは、ラシードたちを取り囲む敵兵たちは以前と変わらず飲み食いをしていたはずだ。それを見せつけられながら、ラシードたちは敵兵の突入にも備え続けなければいけなかった。そんな環境下で痩せ衰え、飢餓に炙《あぶ》られる男たちが正気を保っていられたとはとても思えない。

「フェルマシェに限らず、ミシュアル王は戦場や占領地において、瘴気を用いて地獄を作り出すことを好む」

瞬きもせず言葉にした男が、エウロラの胸の中心を縦に辿る。大きな手で下腹を包まれると、あたたかさよりもぞわりとした痺れに背中がふるえた。

「んぁ…」

「死病は敵味方の区別なく殺しつくす。そんなものを戦に用いるなど狂気の沙汰だ。だがミシュアル王は瘴気を絶やさないよう、呪《まじな》い師を使って毒を生み出し続けているのだと…、ミシュアル王がフリュト城を居城に選んだのはその堅牢さ故ではなく、領内に毒の源が秘匿されているからだと、そう噂する者までいる」

それは、声をひそめて囁かれ続ける噂話の一つだ。

かつて死の病が猛威を振るった際、ある領主が街中の罹患者たちを一つの洞窟《どうくつ》に集めた。そして生きている者も死んだ者も、まとめて大きな穴に投げ落としたのだ。

苦しみと怨嗟《えんさ》の声は、全ての罹患者が死に絶えた後も長く続いたという。穴の底では腐肉が池を作り、瘴気は黒い鼠に姿を変えた。領主は呪い師に鼠の衣を着せ、政敵に死を運ばせたと語られている。

そうした死の泉を、ミシュアル王も隠し持っているのではないか。そう恐れられるほどに、ミシュアル王は死病を敵陣に贈ることを好んだ。

「高い場所に立て籠もっていたお蔭で、フェルマシェの街の様子はよく見えた。噂の真偽はともかく、ミシュアル王の射手は腹が立つほど腕がいい。岩より軽い人間を打ち上げるのに、感心するほど慣れていた。屋根や塔にぶち当てれば、威嚇《いかく》効果も十分だ。その上実際、すぐに医者が走り回るようになった」

だがそれも、最初のうちだけだっただろう。治療に当たる者は早晩自ら自身が患者となり、瘴気の媒介者に変貌したはずだ。

「どこかの家に一人病人が出ると、あっという間に家族全員が倒れる。フェルマシェの街じゃあすぐに死体の捨て場に困るようになったが、そうなると益々手のつけようがなくなる。働き手が死に、子供が死に、街中が酷い臭いになって死体を喰う犬だけが太る」

瘴気がそうであるように、恐怖もまた人から人へと感染した。病から逃れられても、恐怖に駆られた者の手を振り切ることは難しい。果たしてフェルマシェの住人たちは、死と恐怖、そのどちらに殺されたのか。

「城の奴らは俺たちが飢え死に、外を包囲する連中が諦《あきら》めるのを待っていたはずなのに、結局そうなる前に自分たちこそが死んだ」

そう、死んだのだ。

城壁内の混乱は、無論カルブサイドの軍にも伝わっていた。だからと言って、病が蔓延する城塞内に飛び込むわけにはいかない。日を追うごとに解放交渉どころではなくなり、壁の外へ逃れようとする住民は発症の有無に拘らず殺された。

誰かを裁き、焼くものだったのか。閉ざされた壁のなかでは、日々おぞましい叫びと共にいくつもの火の手が上がった。城壁の外にいたカルブサイドの兵たちも、隣人が隣人を殺すその地獄を耳で聞いていたはずだ。夜の静寂を脅かして時折聞こえる金切り声、怒号、祈りの声、それらが途絶えたある日、フェルマシェから夥しい数の烏《からす》が飛び立ったと言う。

そして内側から開かれた城門の奥に、男が立っていた。痩せて黒ずんだ第二王子の死体を引き摺った男が、今や死者の街と化したフェルマシェからただ一人の生還者となったのだ。

「それでもあなたは、生き残られた」

わずかな誇張もなく、フェルマシェでは全てが死に絶えた。

幽精がいかに残酷な瘴気を吐いて暴れ回ろうと、死の手から取りこぼされる者は必ずいるものだ。だがフェルマシェにおいては、それすらなかった。唯一、ラシードを除いては。

「そうだな。俺だけが」

ふるえ一つない男の手が、エウロラの肋骨に沿って胸郭を包む。まるで命そのものを、握られているかのようだ。実際それは、錯覚などではないだろう。

「理由を、問うておいでで？」

唇からこぼれた言葉は、エウロラ自身のものであると同時に、そうではなかった。はっと我に返るが、しかしそれこそがエウロラをヒィズドメリアの巫女たらしめるものでもある。

ラシードにとっても、その問いは予想し得ないものだったのだろう。間近にある黄金色の双眸が、一度はっきりと瞬いた。

「…なんだと？」

覗き込んでくる眼の色に、首筋の産毛が逆立つ。だが目を逸らすことはできなかった。

「飢えて狂い、病で腐り、それを生き延びれば悪魔として焼かれ…、結局あなた一人しか生き残らなかった。その理由を、王はご自身に問うておられるのでしょうか」

兄の奪還を命じられた時、ラシードに生きて戻る勝算はあったのか。ラシードがわずかでも臆病《おくびょう》で、そして真っ当な男であったなら、いかに実兄のためとはいえ敵陣の直中へ斬り込む仕事など引き受けなかったはずだ。

死に損ないの、凶王。死ぬつもりもなければ、死なせない覚悟もあったのだろう。だが結局、生き残ったのはラシード一人だ。

彼が、どうやって生き延びたのか。

それは呪われた王と懼れられるラシードに纏わる、最もおぞましい噂の一つだった。

「なにが言いたい」

問う男の指が脇腹を伝い、陰嚢《いんのう》ごと性器を転がす。もう一方の手に左の胸をくすぐられ、ぞくぞくと寒気にも似た痺れが背中を覆った。

「…ぁ、それが、定であったが、故に…」

選ぶまでもなく、言葉が唇を越える。瞬くことのない双眸が、真っ直ぐにエウロラを見た。

「俺がなにをしたか、なにができなかったかさえ、関係がないと？」

固い親指が、性器の先端を丸く撫でる。んあ、と詰まった声がこぼれて、下腹がへこんだ。

「…んぅ、…あなたは、生き残る定にあった。だから生き残った…。理由があるとすれば、それだけです」

ラシードがなにを犠牲にして、生き永らえたのか。閉ざされた飢餓の地獄で、なにを行ったのか。そしてそこから出た後、兄の死体を引き摺り死病の街をどう越えたのか。そんなことは、問題ではないのだ。

「ふざけたことを言うな」

吐き捨てられた声よりも、その眼光にこそぞっとする。

慈悲の心を持たない、獣の眼だ。

ぎ、と歯を剝いた男の双眸が、蠟燭《ろうそく》の火を受け鈍く光った。

「生き残るのが俺の運命とやらだとしたら、それならばあの城で腹を空かせて死んでいった奴らはなんだ？　ただ死ぬ運命だから死んだと、そう言う気か」

「っ…」

王冠を戴くよりずっと以前から、ラシードは凶兆の王子と忌《い》まれてきた。そんな男と、命令とは言え敵地深くへ潜入するのだ。同行した兵たちは皆、勇敢な男たちだったのだろう。あるいは今ラシードが率いる隊がそうであるように、王自身に信望を寄せて志願したのかもしれない。

いずれにしても彼らを、ラシードはただの捨て石とは考えなかったと言うのだ。

純粋な驚きに、睫が揺れる。

手勢の損害を避けたいと願うのは、当然のことだろう。それは主の、利益に通じるからだ。だがラシードにとって、飢餓の籠城を共にした部下たちは手駒以上の存在だったのか。そんな部下たちの、そして救い出すはずだった実兄の死を、ラシードは空腹と人が焼かれる臭いとに炙られながら見届けてきたのだ。

「皆まだ若く、将来を嘱望《しょくぼう》される者たちだった。帰りを待つ者もいた。あいつらが剣も持てない腕で鼠一匹を奪い合い、骨と皮になって死ぬ、それが定だと言うのなら、そんなものはただの糞《くそ》だ」

「…だから、ですか？」

掠《かす》れた声が、唇からこぼれる。

怪訝そうに眉根を寄せた男が性器を掌に収め、淡い陰毛を指に絡めた。そうしながら左の指で乳首を引かれると、薄い背が丸まってしまう。

「…んぁ」

「なにがだ」

「…っァ、だか、ら、なのですか…？　王が、占術師を…、命運を語る者を、嫌われるのは」

何故ラシードが、聖女を欲しがらないのか。

無明《むみょう》の闇のなかでは、誰もが光を渇望《かつぼう》した。微《かす》かな星の輝きにさえ頼り、自分がどこにいるのか、どこに行けばよいのかを知りたがる。だがラシードは、そんなものを求めはしなかった。

誰かに照らされた世界など、信用に値《あたい》しない。定められたものを諾々と受け入れ、踏み潰されることにすら安寧を見出しはしないのだ。

「確かに生まれてこの方、俺と占術師との相性が最悪なのは事実だな」

舌打ちをしたそうな男が、ぞろ、と骨に守られていない鳩尾をくすぐる。ふるえた肌の感触を、手放しがたいのか。荒れたラシードの中指が、弾力を試すようにエウロラの乳頭を引っ掻いた。

「ん、ぁ…」

「それこそ母親の腹のなかにいる時から、占い師にはろくなことを言われた例《ためし》がない。徴《しるし》だの兆だの、水に映った月の形を論じるような真似で、俺のなにが分かると言うのか」

率直な唸りは、紛れもなくラシードの本心なのだろう。

ラシードの誕生に際し、カルブサイドの占術師がどんな託宣を伝えたのか。エウロラに視えているものと同じであれば、それは決して生やさしい言葉ではなかったはずだ。知らず息がふるえて、エウロラはちいさく肩を揺らした。

「なにがおかしい」

「お許し、下さい。私は…、私は占術師の端くれ故、ラシード様の…、お言葉の全てに、頷くことはできません」

ですが、と言葉を継いだエウロラの性器を、大きな手が試すように握り込んだ。

「ぁ…っ、ですが、占術者などろくなことを言わないと、そうおっしゃるお気持ちは…、僭越《せんえつ》ながら分かる心地が、いたします」

エウロラ自身を含め、託宣を預かる者たちは饒舌《じょうぜつ》にして無責任だ。視えたものがいかに正しく鮮明であろうとも、それが誰かの幸福に繋がるとは限らない。

「意見が合ったな」

ち、と舌打ちをこぼした男が、尖《とが》らせた下唇をエウロラの瞼へと擦りつける。絵に描いたような顰《しか》め面がおかしくて、エウロラは喘ぐように肩を揺らした。

「お前も、糞みたいな託宣を贈られた口か？」

全く、勘のよい男だ。

頷くことも、首を横に振ることもせず、エウロラはそっと腕を伸ばした。

「…王が、ぁ…、運命に屈服なさらないことは、よく分かりました…」

重い体を傾けたラシードが、エウロラの膝裏を押し上げて距離を詰める。抱き合うに等しい近さで、エウロラは王の頬に右手で触れた。

「そうであれば尚のこと…、運命を屈服させるために、この私をお役立て下さい」

鍛えられた体軀がそうであるように、ラシードの顔貌には一欠片の弛《たる》みもない。がっしりとした頬骨の形を直接掌に感じ、エウロラは細く息を吐いた。

「役立てる？　…今日のようにか」

死病を患う男をエウロラが介抱し、その体に直接触れた。そう聞かされた時の驚きを、思い出したのか。鼻面に深い皺を刻んだ男が、エウロラの指を嚙りたそうに歯を剝いた。

「っく、ぅ、あ…、必要な部分だけで、よいのです…。聖女など、ラシード様はお疑いと存じますが、それでも…」

力強く描かれた男の眉を親指で辿り、顎までを掌で確かめる。太く発達した首筋に手を這わせても、ラシードは頭を揺すって振り払いはしなかった。咎められないのをよいことに、鎖骨の終わりを越えて分厚い首筋のつけ根にまで指を這わせる。

「…六角」

瞼の裏に閃《ひらめ》いたのは、鈍い光だ。

こぼれるまま声にして、エウロラは男の古い傷痕を指でなぞった。

「なにがだ」

「六角の…、槍《やり》…」

はっきりと言葉にしたエウロラを、黄金色の双眸が覗き込む。

「長槍。草原の…」

踏み潰される草と、跳ね上げられる土の匂《にお》い。蹄《ひづめ》によって立てられる地鳴りが腹の底に響く心地がして、エウロラは薄い瞼をふるわせた。

間一髪で致命傷を免れたその傷痕は、ラシードの背から首のつけ根へと短く走っている。他の傷痕がそうであるように、戦場で慌ただしく縫い合わされたのだろう。つるりと張った皮膚の端は、歪な形に盛り上がっていた。

「エウ…」

「こちら、は…」

長衣の内側に手を進め、肩の骨を覆う筋肉の厚みを確かめる。探そうとしなくても、一つ、二つと引きつれた肉の窪みが指に触れた。

「高い…、恐ろしく、高い、…塔。あなたが息を、切らす、ほど」

エウロラ自身の肩が、は、と息苦しさに揺れそうになる。それでも指だけは、傷痕に沿って丸く動いた。

「古い旗…、ガイナリス国の…。金髪の悪魔が、まだ兵の残る塔に、火を…」

王冠を思わせる黄金の髪が、揺れる。あれはエウロラが知るよりずっと若い、ミシュアル王の面影か。ガイナリス軍の旗の元で、二人は一時期共に剣を振るっていたはずだ。

「火の手と、矢が…。あなたは塞がった両手の、代わりに…口で、矢を引き抜いた」

太く鋭い鏃《やじり》によってもたらされる衝撃が、全身へと響く。びく、と撥ねた爪先がラシードの腿に当たったが、男は微動だにしなかった。

「何故それを」

どんな、奇術なのか。ラシードは、そう疑っているに違いない。

王の体に残る傷たちが、どこで、なにによって刻まれたのか。言い当ててみせたそれらは、ハカムの助力があれば知り得るものだ。無論エウロラは、そうしたわけではない。だが疑り深い男を前には、どんな弁明も無意味だろう。分かっていながら、エウロラは王の左の袖に手を這わせた。

「信じられなくとも…、利用する術は、あるはずです」

そもそも相手が誰であれ、信じて託すなど得意な男とは思えない。エウロラの言葉に、ラシードが分かりやすく下唇を尖らせた。

「俺はお前を、信じているのだがな」

意外に、嘘が下手な男だ。いや、皮肉なのか。素直に笑い、エウロラは男の手首へと指をすべらせた。

「では私の…聖女の血を飲んでほしいとお願いしたら…、王はお飲み下さるでしょうか」

聖女の能力をまやかしと断じるのと、毒と囁かれるものを口に含めるかは別の話だ。ラシードの眼光に、冷徹な光が過るのが分かる。それを見定める必要もなく、エウロラは首を横に振った。

「お許し下さい。冗談がすぎました」

謝罪したエウロラの腰を、大きな手が引き寄せる。あ、と声がもれそうになり、エウロラは痩せた爪先を悶えさせた。

「正しいご判断です。私がラシード様のお立場であれば、やはり聖女の血など飲みません」

それは、本当のことだ。

なにかを、そして誰かを信じるなど軽々にすべきことではない。

兆を見つけたら、迷わず左手を選ぶように。それは昼間、エウロラがラシードに差し出した言葉だ。

だが王は、それを取り合わなかったのだろう。掌を重ねた左袖には、赤黒い汚れが散っていた。

ラシードの身に、今日なにが起きたのか。それを確かめようとしたわけではない。望んだところで、全てを視られるわけでもないからだ。

それでも、そっと汚れた袖口をくぐって指をすべらせる。肘までを撫でた指先がなにかに触れて、エウロラはぎょっと息を詰めた。

「ぁ…」

不意打ちのように、心臓が大きく撥ねる。

浅く抉《えぐ》れた肉の形が、指の腹を鮮烈に焼いていた。新しい傷ではない。古く、醜い傷痕だ。叫びの形に開いてしまいそうな唇を、エウロラは喘ぐように押し留めた。

駄目だ。

警鐘《けいしょう》が、頭蓋《ずがい》で響く。駄目だ。だが叫ぶそれよりもはっきりと、明確な恐怖が背筋を舐めた。

頑丈な歯列。

皮膚と骨を、砕くもの。犬の唸り声。怨嗟。あるはずのない牙と、生きながら荼毘《だび》に付される肉の匂い。暗がりに立ってこちらを見るのは、口元を血で汚す怪物だ。

ぎら、と光る黄金色の双眸に見返され、エウロラは声にならない声を上げた。

「エウロラ」

名を呼ばれ、瞬く。

大きな手で顎を引き上げられると、は、と肺の奥で息が爆ぜた。

いつから、自分は呼吸を忘れていたのか。そして今、なにを視たのか。どっと冷たい汗が噴き出して、エウロラはふるえそうな瞼で瞬いた。

「どうした」

尋ねる声は落ち着いている。それにまで、ぞっと背筋が冷えた。

「…今日、お会いになったお方は…、葡萄酒《ぶどうしゅ》を取り落とす粗忽《そこつ》さはあれど、王を裏切り、仇なす者ではありません」

染みで汚れたラシードの左袖を、指で辿る。絞り出した声は、エウロラが望んだ通り上擦ることも、ふるえることもしなかった。

だが本当に、隠し果せたと言えるだろうか。

エウロラが、なにを視たのか。それをこの黄金色の眼が、見透かさないはずはない。聖女の能力を信じているか否かは、関係がなかった。信じていなくとも、冷徹な男が全ての可能性を排除するとは思えないのだ。

「今日はお前に、驚かされ通しだな」

鼻先を撫でた声に、驚きと呼べるものは混じらない。苦さこそを滲ませた男の頬に、エウロラはもう一度掌を重ねた。

「王にはもっと、驚いていただきたいと思っております」

男らしい唇の形を、親指でそっと辿る。暁色の瞳で唇を、そして双眸を見上げると、今度こそ本物の驚きがラシードの眼の奥で散った。

「…信じずとも利用せよ、と?」

どこまでも、敏《さと》い男だ。

利用するのは、なにもラシード一人だけの話ではない。なにを欲しがり、誰を利用するのか。それはエウロラにおいても同じであることを、男はよく分かっているはずだ。

「王が、必要とお考え下さるものを」

信じていなくともいい。それもまた、お互い様だ。

終わりまで聞くまでもなく、理解したのか。あるいはそんなもの、聞く価値さえなかったのか。伸しかかる体が重みを増して、唇へと噛みつかれた。

「ぁ、っふ…」

固い歯の存在を間近に感じ、ぞわりと踝《くるぶし》からふるえが込み上げる。肉をちぎる歯を、骨を砕く顎を、男は隠そうとしない。

べろ、と熱い舌で舐められ、エウロラは小さく喉を鳴らした。


汝の腹に宿りしは、王となる者の血と肉。

それは版図を広げ、黄金をもたらし、カルブサイドの名を長くこの大地に刻む者なり。

それは数多の敵を屠《ほふ》り、骸《むくろ》を城壁より高く積み上げげし者なり。

それは善き王たち三人に勝《まさ》る者なり。幸いなるかな、カルブサイド。繁栄を約束されし国。しかし王妃よ、汝は悲しみに沈むだろう。

猛《たけ》き王の母にして、死せる王子の、そして死せる姫たちの母。汝が腹より出でし者は、ことごとく苦しみの血に溺れる。百人の子をなそうとも、生きて還りし者はただ一人。猛き王、その者のみ。

幸いなるかな、カルブサイド。栄華を約束されし国。しかし王妃よ、汝が腹に宿る血と肉は光に届かぬ禍の者。

凶兆を握る、呪われし繁栄の王。屠りし敵と同じ数の同胞《はらから》を、骸に変え積み上げげし者――。

カルブサイドの王妃が新たな子供を宿した時、呪い師はそう告げた。

呪われし、繁栄の王。

それはカルブサイドの歴史に、時折現れた。始まりは、カルブサイドを興した英雄とされる。怪物を打ち殺し、肥沃な土地を手に入れた英雄だ。だが彼は、怪物が呑み込んでいた災厄をも引き継ぐこととなった。

以来カルブサイドの王族の影には、禍が棲むとされている。なかでも徴を握って生まれる者は、呪われた王と懼れられた。強靭な英雄の生まれ変わりにして、惨禍に愛されし血の道を行く者。

呪い師の予言の通り、王妃が産み落とした四番目の王子は屍《しかばね》が折り重なる道を踏み締めた。最初に死んだのは、愛らしい二番目の姫だ。幼かった四番目の王子と共に獣に襲われ、彼だけを残し侍女諸共食いちぎられた。次に死んだのは、一番目の姫と三番目の王子だ。疫病に蝕まれ、他の多くの民と共にのた打ち回りながら息を引き取った。予言を恐れた父王は、異国に差し出す人質として四番目の王子を選んだ。敵に囲まれた異国での暮らしを、王子は母国でそうした以上に多くの屍を積み上げることで生き延びた。

やがて王子は故国へと戻されるが、迎えられた先は王宮ではなく戦場だ。四番目の王子が掲《かか》げる旗は、捕虜を取らない者の印として恐れられた。この世に地獄を作り出す、呪われし者。酸鼻《さんび》を極める戦地には常に、湾刀《わんとう》を振るう王子の姿があった。

朱に染まる彼もまた、無傷であったわけではない。だが、彼は死ななかった。ありとあらゆる禍が四番目の王子に接吻し、その体に深く浅く傷を刻んだが、しかし死は常に彼を避け周囲の者たちこそを連れ去った。敵味方の、区別なく。

死に損ないの、簒奪者。

気がつけば、王子の頭上にはカルブサイドの王冠が輝いていた。ラシードに贈られた予言は、斯《か》くして現実のものとなったのだ。

「……ぅ、んぁ」

自分の唇からこぼれた呻きを、微睡《まどろ》みの向こうに聞く。

夢も、見ない。

そう言った男の言葉が、不意に蘇る。

言葉の真偽は分からない。だがエウロラ自身を問題にするならば、夢を見ない夜などなかった。善き夢も悪しき夢も、等しくエウロラを苛《さいな》む。だが振り返れば、常に荒涼としたエウロラの心象風景において、ここ数日はなにかやわらかな影の気配が感じられた。

それはひどく、あたたかいのだ。

浅い眠りのなかで、爪先を引き寄せる。

行火が身動いだことが、気に入らなかったのか。すぐに強靭な足が、痩せた足先を引き戻した。

満足に神殿から出ることを許されずに育ったエウロラの爪先は白く、いつでもひんやりと冷えている。だが壮麗な檻のような神殿においても、今と同じようにこの足をあたためてくれる体温があった。

やさしくて、やわらかくて、なによりも愛しいぬくもり。

大好きな、たった一人の姉。

その体温が傍らにあるだけで、自分が自分であるという苦痛から逃れられる心地がした。白日に晒されることに、怯える必要もない。投げかけられる輝きは常にあたたかく、エウロラを護った。

そうだ。ずっと、護られてきた。喉の奥を熱い痛みが刺して、息がふるえる。

それを、寒さのせいだと受け止めたのか。あるいは、ただ行火が身動いだことが煩《わず》わしかっただけかもしれない。ぐ、と強い力で抱き寄せられ、瘦軀に重なる重みが増した。

苦しいくらい、厚く逞しい体だ。

華奢とはいえ、エウロラも決して小柄ではない。すらりと伸びた肢体は、侍女たちのなかに混じれば上背で勝る。それでも伸しかかる体軀には、まるで及ばなかった。

太く頑健な骨を、鍛えられた筋肉がみっしりと覆っている。飽食《ほうしょく》と虚飾に満ちた王宮では、決して手に入らないものだ。苦痛のなかで培《つちか》われ、怒号の底で厚みと固さを増したのか。獣にも等しい重い肉体は、かつてエウロラに寄り添ったぬくもりとは似ても似つかない。

だが、それはひどくあたたかかった。

じわりと浸みた熱の存在に、親指が丸まる。

太陽を抱いているみたいだ。いや、業火《ごうか》に炙られているのか。

陽だまりのような、あのぬくもりとは違う。だが嫌かと問われれば、どうか。

氷のようだった爪先は、いつの間にか心地好くぬくもっている。凍《こお》りついていた血が、心臓を経て全身に巡り始めているのが分かった。これが自分の体なのかと思うと、驚かされる。

だって、僕は。

「っ、は…っ…」

びく、と瘦軀が撥ねて、エウロラは瞼を押し上げた。

覚醒は唐突だ。だがその鮮烈さは、馴染《なじ》んだものでもある。

見開いた視界に暗がりが飛び込んで、エウロラは咄嗟に寝台を手探りした。

「ぁ……」

毛皮に包まれていた足先は、いまだあたたかく保たれている。だがそれに重なっていた巨軀の主は、もう寝台にはいなかった。

落胆を覚えなかったと言えば、嘘になる。

眠りに落ちる前、ラシードはこの寝台で気がすむまでエウロラに触れた。

いや、気がすむというのは誇張か。傷のない肌を撫で回し、舌と歯を使って存分に確かめた。恥ずかしくて、頭が煮えてしまいそうな場所までもだ。

それにも拘らず、性器を使って繋がったかといえばそうではない。

聖婚は、厳密な意味ではいまだ果たされていないのだ。

ラシードの真意は、汲《く》みがたい。全てを奪い、顧《かえり》みることのない冷徹さが王にはあるはずだ。聖女としての価値を見出すか否かを別にしても、献上されたこの身を粗雑に食い荒らすなど、いくらでもできるだろうに。

そうしない理由は、なんなのか。不可解に思う気持ちとは裏腹に、今夜ラシードに触れられ、舌が這った場所にはいまだ生々しい感触がくすぶっている。あんなふうに人に触れられたせいか、それともそれがラシードの手であったからかは分からない。ぞわ、と足の裏を舐めた痺れを振り払うよう、エウロラは瘦せた体を引き起こした。

裸に剝かれた両腕をさすり、投げ出されていた長衣に腕を通す。そのままヴェールを被ることもせず、エウロラは天幕の入り口を開いた。

「エウロラ様」

月は、まだ天上にある。だがもう一刻ほどで、夜が明けるのではないか。

雲が星を覆い隠す、奇妙な空だ。それでいて、月明かりばかりが眩い。

清《さや》かな月光の下に、突然現れたエウロラの美貌に驚いたのだろう。歩哨に立っていた兵が、飛び上がらんばかりに目を剝いた。

「長は、いずこにおられますか」

挨拶もなく尋ねたエウロラに、歩哨が困惑を深くする。

昼間の一件を別にしても、エウロラは今日まで商隊の人間に自分からは声をかけないよう努めてきた。ラシードに禁じられているわけではない。だが自分の立場を思えば、彼らと距離を置くのは適切な選択だろう。そのエウロラが強い口調で尋ねたことに、兵も驚いているらしい。

「長はただ今、大切な会議の最中でございます。用が終われればお戻りになられますので、天幕でお待ち下さい」

「至急お伝えすべきことがあるのです。今すぐ、お呼びいただけませんか」

通常、商隊宿は隊が一日に移動する距離ごとに置かれている。安全のためにも、商隊はそうした宿を利用し貿易路を行き来した。しかし今夜のような事態も、当然起こり得る。

やむなく野営を強いられる場合、燃料の節約のためにも早々に眠りに就くのが通常だ。それにも拘らず、こんな時刻に人を集めているとしたら余程重要な用件があるのだろう。

「ですが長はどなたにも…」

「何事ですか」

騒ぎに気づいたのか、火の番に当たっていた兵たちが近づいてくる。

「エウロラ様が、長にお会いになりたいと」

「夜具が足りませんでしたか？　生憎今用意できるものはそれだけです。次の街に着いたらそこで…」

「嵐が来ます」

寝床の不満を、訴えるつもりなどない。そんな用件で、声をかけたわけではないのだ。首を横に振ったエウロラに、兵たちが顔を見合わせる。

「嵐、ですか？」

雲はかかっているが、今夜はほとんど風がない。天候が崩れる気配が、どこにあるのか。怪訝がる兵たちに、エウロラは周囲の薄闇を見回した。

「この隊は、もうすぐに白刃の嵐に見舞われます」

「夜襲に遭うと、そうおっしゃるのですか？　こんな時刻に？」

兵が驚くのも、無理はない。満月に近い月明かりのお蔭で、今夜は夜目が利く。その上もうすぐ夜が明けるのだ。こんな夜と時刻を選んで、誰が奇襲をかけるというのか。

「ミシュアル王の軍の動向に関しては、我々も十分注意を払っております。ですが今夜、そのような動きは…」

「急ぎなのです。そこを通して下さい」

兵たちには、エウロラを説得しようとするだけの理由があるのだろう。だが今は、それに従うことはできない。意を決し、エウロラは荒れ地へと踏み出した。

「エウロラ様、お待ちを！」

呼ぶ声を背中に聞いて、真っ直ぐに進む。光がもれる天幕はいくつかあったが、迷う必要はない。左手にある天幕の入り口を、エウロラは躊躇なく開いた。

「聖女様…」

敷物《しきもの》が延べられた天幕の奥に、四、五人の男たちが座っている。突然入ってきたエウロラに驚き、一人が紐を用いて描かれていた図を崩した。

「なにがあった」

上座に座るラシードが、顔色を変えることなくエウロラを仰ぎ見る。遅れて駆け込んできた歩哨が、王を前にして礼を取った。

「お許し下さい。長はご多忙中であるとお伝えしたのですが…」

「襲撃がございます。今夜、これより」

はっきりと告げたエウロラに、男たちからどよめきがもれる。

「本当でございますか」

「まさか、ミシュアル王の軍が？」

顔を見合わせた男たちに、歩哨が首を横に振った。

「ミシュアル王とその軍の動向には、変わりがないとの報告を受けております。エウロラ様の捜索と思われる動きも、今は規模もちいさくなっている模様です」

「左様。祭事へ向かうミシュアル王の護衛のため、王宮の警護が再編されているとの報《しら》せはございますが、しかし我々の動きに感づいている気配はまだ…」

「襲撃者は、ミシュアル王の軍であるとは限りません。こちらがラシード王の隊とは知らないからこそ、襲おうとする者もあるでしょう」

商隊宿が整備されていてさえ、商隊の移動には危険がつきものだ。先の戦火で焼かれ、いまだ再建の目処が立っていない商隊宿まであるこの土地では、尚更だろう。無論統治者であるミシュアル王も、街道に跋扈《ばっこ》する盗賊を野放しにしているわけではない。それでも街道の安全が担保されているとは、言いがたいのだ。

「しかし、こんな夜明け近くにか？」

「確かにそうだが、聖女様がこうおっしゃるのだ。事実であれば…」

自分たちが奇襲をかけるなら、今夜の月は適切とは言いがたい。だからと言って、暁の聖女の言葉を一蹴《いっしゅう》してもよいものだろうか。ざわつく兵たちのなかで、若い男が鍛えられた長軀を乗り出した。

「聖女様の託宣であれば、無視はできますまい。ただし、それが本当に託宣であるのならば、ですが」

挑む目でエウロラを見るのは、騎馬の民からこの隊へと引き渡された夜、長剣を手に叫んだあの青年だ。確か、マタルと呼ばれていたか。あの夜と同じ怒りを目の奥に溜め、青年が兵士たちを見回した。

「聖女様の御手に触れたにも拘らず、昼間の男は死んでしまった。しかも恐ろしく苦しんで。聖女様のご加護は、ミシュアル王とその軍にのみ向けられているのでは？」

「口を慎め、マタル」

天幕の隅に控えていたハカムが、低く窘《たしな》める。

「そうだ、マタル。王の御前であるぞ」

マタルの向かいに座る年嵩の男もまた、やめておけと首を横に振った。

しかしマタルの言葉は、決して誤りとは言えない。死病に取り憑かれたあの男が、エウロラの腕のなかで苦しみ抜いて死んだのは確かなことだ。

「しかしバッハール副長もご覧になったでしょう。聖女様は確かに驚嘆すべき力をお持ちだ。お蔭で我らが同胞も、同盟の長も多くが命を落とした。ミシュアル王を利するための託宣によって、です」

「私をお疑いになるのは、致し方ないことです」

マタルが言う通り、エウロラはミシュアル王の占術師としてその勝利に寄与してきた。ラシードに聖婚の道具として使われることは許せても、エウロラそのものを信じられるかといえば、どうか。戸惑う男たちをぐるりと見回し、エウロラは天幕の奥へと進んだ。

「せ、聖女様…！」

警護のために、持ち込まれていたものだろう。バッハールの背後に置かれた弩《いしゆみ》を摑むと、兵たちが腰を浮かせた。

「な…！」

「あなた方が私を信用できないのは理解しております。ですが私には、私の侍女と王の剣であり盾であるあなた方をお守りする義務がある」

「お待ち下さい、なにをおっしゃって…」

まさか、聖女が弩を手にするとは考えていなかったに違いない。驚きながらも、兵たちの手が携えた剣の柄を握った。

「今夜を生き延びる定にある者も、そうでない者も、王の剣たることを誇りとするならば、私の言葉を信じずとも我が身を護り生き延びる努力をして下さい」

王の御為に。

そう声にして、踵《きびす》を返す。

外へと飛び出そうとした痩躯を、強い腕が摑んだ。

「王…」

明かりを遮《さえぎ》る影は、やはり夜よりも尚暗く目に映る。立ち上がった巨軀に吞まれるように、兵たちもまた息を詰めた。

「相手の数は分かるのか」

尋ねられ、瞬く。

この場で最もエウロラの託宣に価値を見出さない者がいるとすれば、それはラシードだ。説得の困難さは覚悟していたが、この問いの意図は果たしてなにか。

「…正確には、分かりかねます。ただ、少数でないことは確かです」

奇襲は、奇襲であること自体がまずは圧倒的に有利だ。たとえ襲撃者が少数であったとしても、迎撃の準備のない商隊を踏み潰すなど造作もないことだろう。

「猶予は」

「……分かりません。この瞬間であるのか、一刻の後か」

明確に答えられることは、あまりにも少ない。互いを見交わす兵たちの目が、不審の色を濃くするのが分かる。マタルが言う通り、信用には値しないのではないか。そう疑念を過らせる兵たちに構わず、ラシードが短く頷いた。

「分かった。至急、荷物をまとめさせろ。女と傷病者を先に出し、残りは迎撃の後にこれを追う」

「ほ、本気でございますか、長」

エウロラの言葉を、信じると言うのか。聖女もその託宣も、まやかしだと断じてきた王が。

驚きを露わにしたのは、マタルだけではない。大きく目を瞠ったエウロラの手から、ラシードが弩を受け取った。

「どうした。迎撃では不満か？」

自分は余程、驚いた顔をしていたのだろう。弩の装填機を確かめた王に尋ねられ、エウロラは大きく首を横に振った。

「とんでもない。迎え撃つのは正しいご判断と存じます。荷車を棄てられない以上、ただ逃げてもイドに着く前に追いつかれるおそれもございます」

ラシードが荷として運ぶのは、商隊に偽装するための商品ばかりではない。それらに隠した武器は、ゴールス国への潜入の痕跡を秘匿するためにも簡単に棄てることはできなかった。女たちまでを抱えている以上、機動力は大きく落ちる。そうかと言って、全員がここに留まり迎え撃つにはあまりにも地の利がなさすぎた。

「イドか。やはりそうなるな」

「ここから一番近い街ですし、あと一刻ほどで夜が明けて門も開くはず。私もイドを目指すべきかと」

ただし、街道は避けた方が賢明でしょうな。

ずんぐりとしたバッハールが、意外な俊敏《しゅんびん》さで立ち上がる。

「バッハール、何人か選んで荷車の護衛につけろ。天幕はこのままでいい。他の者は準備ができ次第俺と来い」

「御意」

素早く礼を取った兵たちが、足早に天幕を後にする。弩をエウロラに戻したラシードもまた、出入り口をくぐった。

「聖女殿は、こんなものまで使えるのか？」

「ご安心下さい。王の兵に当てる真似はいたしません」

頑丈な装填機が取りつけられた弩は、エウロラの知るものとはいくらか形が違う。そうだとしても、どうにか扱えはするはずだ。

「そいつは心強い。ではそれを持って荷車に乗れ」

バッハールに続くよう促され、エウロラは首を横に振った。

「王のお側に。私に視えるものが、お役に立つはずです」

無用だと、一喝《いっかつ》しようとしたのだろう。口を開きかけたラシードが、しかしそれを迷わせた。女たちと荷車に乗せるより、手元に置いた方が眼が届く。万が一にも託宣が狂言で、女たちと共にエウロラが姿を消す可能性を考えたのかもしれない。

「ではハカムについていろ」

いち早く荷物を運び出し始めたハカムは、荷車を任せる者たちに指示を投げている。皆、よく訓練された兵だけのことはある。瞬く間に装備を調《ととの》え、荷車を仕立ててゆく男たちを月明かりが照らした。

「私は今夜死ぬ定にはございません。お邪魔にならぬよう努めますから…」

お側に、と繰り返そうとして、失敗を悟る。

全ては予《あらかじ》め定められたものであると、そう断じることをラシードは嫌うのだ。それを知りながら、口にするのは愚かな行為でしかない。さっと青褪《あおざ》めたエウロラに、王も気づいたはずだ。だが苛立《いらだ》ちを露わにすることもなく、男は白い瞼へと鼻面を擦りつけた。

「だから安心しろと言われても、無理な話だな」

「な…、王…」

唇の鳴る音が、高く響く。唇に、口づけられたのだ。兵たちが見ているこんな場所で、こんな時に。驚きに目を剝くエウロラに構わず、王が北を示した。

「俺が野営中の商隊を狙うなら、街道に逃げる者があることを予想してそこに人を置く。その上で、西の丘側から襲うだろう」

冷静な声が告げる通り、商隊が天幕を張るその西側はゆるやかな丘になっている。瞼を焼いた残影と直感に、エウロラは首を縦に振った。

「…私も、西から暗雲が広がるのを視ました。敵をこの野営地に誘い込むおつもりなら、北側の岩場に布陣されるのがよいでしょう」

ラシードが天幕を放棄すると決めたのは、それを積み込む手間を惜しんでのことだけではない。時間も無駄にはできないが、それ以上に襲撃者の目を欺く意図があるはずだ。襲撃者たちが何者で、どれほどの規模であるのか。それを見極めるためにも天幕を囮《おとり》とし、可能な限り深くまで敵を誘い出したいと考えているはずだ。

「話の早い聖女殿だな。お前は弓を使える者と岩場に上がれ。俺はマタルたちと馬で出る。ただし長居は無用だ。ミシュアル王の兵でない限り、追撃を阻めればそれでいい」

いくら夜明けが近いとはいえ、いまだ暗い夜の荒野だ。十分な兵を持たない以上殲滅《せんめつ》を目指すのは難しく、またそうする利点も少ない。ラシードの言葉通り、襲撃者を蹴《け》散らしたら長居をせず荷車を追うべきだろう。

「……王は、何故…」

何故、今夜聖女の託宣を信じる気になったのか。

こぼれそうになった言葉に、エウロラ自身が驚く。そんなもの、今ここで口にすべき問いではない。分かっているのに、不覚にも疑問が声になろうとした。

月明かりのなか、用意を終えた荷車たちが走り出してゆくのが見える。冷えた空気は澄み渡り、変異の前兆などまるで見つけられない。

こんなうつくしい夜に、本当に襲撃者など現れるのか。

死病の男を救えなかったように、この託宣もまた誤りではないのか。あるいは予言は偽物で、ミシュアル王の間者である魔女が隊を二手に分かれさせせようとしているのかもしれない。迎撃の準備を急ぎながらも、兵たちは内心そんな疑念を抱いているはずだ。

ラシードもまた、同じだろう。

聖女の託宣など、やはり信じるに値しない。王がそう結論づけたら、この夜はどんな形で終わるのか。

唇を開こうとしたエウロラの耳に、足音が届く。振り向けた視線の先で、息を乱した兵が膝を折った。

「申し上げます。西の丘に複数の人影があるとの報せが」

声にならないどよめきが、野営地を包む。

いくつかの目が、驚きと共にエウロラを見た。そこに混ざるのは、畏怖《いふ》か。ただ一人ラシードだけが、動揺を映すことなく右手を挙げた。

「弓隊は岩場へ。合図があるまで、十分に引きつけろ」

月は、まだ太陽に隠されそうにない。にたりと笑った王の口元で、あるはずのない牙が光を弾いた。


艶やかに潤った、緑の匂いがする。

日差しの眩さを瞼の内側に感じ、エウロラはちいさく息を詰めた。

「起きなくていい。そのまま休んでいろ」

低い声が、頭上から降る。はっと飛び起きようとした体が強張り、エウロラは長い睫をふるわせた。

投げ出された痩軀を、木製の長椅子《いす》が受け止めている。

イドにある宿の一室だと、間を置いて気づいた。透かし彫りで飾られた窓から差し込む日差しが、うつくしい影を床へと描き出している。小鳥の声を遠くに聞いて、エウロラは暁色の瞳を瞬かせた。

まるで、長い夢の続きにいるかのようだ。

自分の想像に、ぎょっと息が揺れる。同時に拭いがたい疲れが込み上げて、ぐら、大きく体が傾いだ。

夢などではない。全てが、現実に起きたことだ。

蘇る記憶に、瞼がふるえる。

今朝エウロラたちがこの宿に辿り着いたのは、東の空がすっかり朝焼けに染まった後のことだ。月の影が薄くなってゆくのを睨みながら、ただひたすらに荒野を駆けた。

「無理をするな。寝ていろ」

黒い長衣を纏うラシードが、水差しを手に取る。盃へと水を注ぐ男に、疲弊の影はまるでない。

この腕が、昨夜どう剣を振るったのか。

それは、思い出すまでもない。

西の丘から現れた襲撃者たちは、ラシードの狙い通り野営地深くまで進んできた。焚き火が燃える野営地の静寂を、商隊が寝静まったものと考えたのだろう。襲撃者たちは手慣れた様子で、明かりの消えた天幕へと襲いかかった。

だが言うまでもなく、天幕はもぬけの殻だ。それに気づいた時には、すでに遅い。撤退の号令がかかるより先に、北の岩場から矢の雨が降り注いだ。

焚き火を頼りに野営地に射かける矢は、殺傷能力という点では決定打にはなり得ない。だが奇襲をかけたつもりが、逆に横手から襲われたのだ。襲撃者たちが混乱に陥るには、十分だった。

挙げ句、ラシードが馬を駆って出たのだ。

障害物のある野営地内とはいえ、歩兵と騎馬の力の差はあまりに大きい。なによりラシードの切っ先に容赦はなく、湾刀の一振りで大の男が真っ二つに斬り飛ばされた。

悲鳴さえ上がらない。瞬く間に三人の手足が跳ね上げられれば、野営地は血煙と混乱の巷《ちまた》と化した。

相手をただの商隊と侮っていたのだから、尚更だろう。

「無理など…」

首を振ったエウロラの隣へと、ラシードが腰を下ろす。

太陽が高く昇る頃に目覚め、促されるままいくらか果物を口にした。そのまま長椅子で、うたた寝をしてしまったらしい。椅子から立とうとしたエウロラの手に、王が盃を握らせた。

「夜は暑さこそ凌《しの》げるが、駆けるとなると昼より疲れやすい。道案内を担ったお前は、尚更だろう」

冷えたエウロラの指が盃を取り落とさないようにと、大きな手で包まれる。ラシードのような男が、なんというかいがいしさだ。驚くと同時に安堵を覚え、泥のような疲れに視界が揺れる。

野営地でラシードが見せつけた一撃は、圧倒的だった。

恐怖は、容易《たやす》く伝染する。

待ち伏せられ動転した襲撃者たちは、統率を忘れて逃げ出した。それを深追いしなかったのは、賢明だろう。数の上では、どうしてもラシード側が劣るのだ。反撃の芽は潰したいが、追った先で本隊と合流でもされたら厄介なことになる。

野営地に長く留まることもせず、ラシードは早々に先に出た荷車を追うことを決めたのだ。

「道案内と、言えるほどのものではありません」

「夜明けが近いとはいえ、走るのは街道ではなく荒野だ。その上、雲もあった。先を行く荷車に合流できるか、正直怪しいと思っていた」

率直な響きに、エウロラが瞬く。

どんな場面においても、昨夜のラシードは威風堂々とそこにあった。一欠片の逡巡《しゅんじゅん》も覗かせることなく、全てを見通す冷静さで隊を導いたのだ。

「ご冗談を。…ですが、少しでもお役に立てていたのなら、これ以上嬉しいことはありません」

「少しなものか。お前のお蔭で、ここに辿り着くことができた」

街道ならともかく、暗い荒野を進むのだ。荷車の轍《わだち》を辿ろうにも、昼間のようにはとてもいかない。それにも拘らず、エウロラは正確に荷車の所在を言い当てた。

「…それでも、全員がここまで来られたわけではございません」

呑み込みきれなかった言葉が、唇を越える。

精鋭ばかりが集められているとはいえ、隊の男たちは不死ではない。襲撃者が射かけた矢が、兵の一人を貫いた。気づいたマタルが助けに入ったが間に合わず、兵は二つの刃によって斬りつけられたのだ。

「彼らをここまで連れて来てやれなかったことは、確かに残念だ」

「私は…」

救えるはずだった、とは言えない。だが、救わなければならなかった。

それが、聖女に期待される行いだ。

「…昨夜野営地を襲った男たちは、お前が知る者か？」

思いがけないラシードの問いに、ぎくりと指先がふるえる。取り落としそうになった盃を、エウロラは静かに握り締めた。

「何故、そのように…」

「野営地を離れる際、お前は死んだ者のために祈っていただろう？　俺たちを襲った奴らの顔のいくつかを、その時確かめているように見えたのでな」

なんて男だ。

確かに野営地を離れる前、エウロラは短い祈りを捧げた。ラシードに見られていたことは分かっていたが、自分が死者の顔を検めていたことまで、あの混乱のなかで気づいていたとは。

指摘された通り、エウロラは斬り伏せられた死体のいくつかに目を凝らしていた。今まさに息を引き取ろうとする者たちのなかに、知った顔があったからだ。

「…おそらく、テティの神殿まで私の護衛についていた者たちではないかと思います」

「だから装具の一部に、ミシュアル王の兵のものがあったのか」

テティの神殿で、侍女が熱を出した。高熱は、死病の病状に重なる。まさか聖なる神殿に、幽精の瘴気が忍び込んだのか。砂嵐に加えて現れた恐るべき凶兆に、護衛たちはふるえ上がった。

ミシュアル王の側に仕える者たちは、死病の恐ろしさをよく知っている。戦場、あるいは占領地で、彼が恐るべき病をどう利用してきたのか。それを嫌というほど、見聞きしているのだ。

エウロラが侍女の側から離れないと悟ると、護衛たちは聖女を見捨てて逃げることを決めた。無論そんなことを、ミシュアル王が許すはずはない。彼らは申し開きを考えながら神殿を出ていったが、しかし王の元へは戻らなかったようだ。

どう弁明しようと死を免れないのなら、いっそこのまま逃げるしかない。そう決めて、土地を離れる前にまとまった金を稼ごうと商隊を襲っていたのだろう。

「経緯はどうであれ、あいつらは聖女の警護を担う腕の持ち主たちだったということだな」

ラシードの言葉の通り、襲撃者はミシュアル王の居城の警護に当たっていた兵たちだ。砂嵐に巻かれて数を減らしたとはいえ、それでも商隊程度を蹴散らすなど造作もなかっただろう。月明かりや夜明けを苦にせず襲撃をしかけてきたのも、そうした慢心からに違いない。

「尤も、死ねばそこまでだ。斬り結んだ相手の腕がどうかなど、どうでもいい話ではあるがな」

だが、と言葉を継いだラシードが、エウロラの頬にかかる暁の髪を指で払った。

「だが人の一生に価値を求めるなら、そいつはそれまでの生き方と、死に方によって決まる。皆臆することなく俺の隊に志願し、ここまで進んでミシュアル王の精鋭と斬り結んだ。奴らの生き方は、敬意を払うに値する」

その死にも、また。平淡に続けたラシードに、喉の奥で息が詰まる。

それは、王座にある者の口から発せられる言葉だろうか。王にとって、兵士など替えの効く盾や剣と同じだ。それは、ミシュアル王のような男に限った話ではない。祖国ヒィズドメリアの父王でさえ、こんな言葉で部下を悼《いた》んだりはしなかっただろう。

「そうであれば、尚更私が…」

「お前が、なんだ？　責任を感じると言うつもりなら、それこそお門違いだ」

ですが、と言《い》い募《つの》ろうとしたエウロラの耳に、足音が届く。長い回廊《かいろう》を進んだそれが、戸口をくぐった。

「こちらにおいででしたか、長」

「ハカム様…」

今朝方共に荒れ地を駆けた青年が、戸口から顔を覗かせる。旅装束を解いたハカムの容貌にも、疲労の陰りは見受けられない。いつもと同じ慇懃さで、ハカムが礼を取った。

「先程偵察に出た者たちが戻りました。市場の様子は、ここも他と大差なさそうですね。これまでの報告の通り、寂れてしまったお蔭で役人たちの関心も随分離れているようですが」

湧き水に恵まれたこのイドは、古い物語にも登場する歴史ある街だ。城壁で囲まれた街は大きくはないが、貿易路を行く商人たちの拠点の一つとして栄えてきた。

だが先の戦禍によって、ここも深い痛手を負った。街の中心に位置する市場を始め、エウロラたちが身を寄せるこの宿も一時は放棄されかけていたと聞く。今では被害が比較的軽微だった東の街に、その賑わいが移っているらしい。

「尤も、寂れてはいても交易の街。噂は色々と届いているようです。今年のナダの神殿での祭事は特に大きく、そのためまた税が上がったとか。近いうちに、新しい戦が始まりそうだといった声も。聖女様の不在に関するものは、まだ聞こえてきません」

「箝口令《かんこうれい》が徹底しているというわけか」

聖女がミシュアル王の手元を離れたと伝われば、周辺の国々はこれを好機と見るだろう。なにより自軍の動揺は、避けがたい。エウロラの不在が露見しないよう、王がどんな手段で人々の口を塞いでいるか。それは容易に想像できることだった。

「ご苦労だったな。戻った者たちはどうしている」

「王が荷の酒を開けてよいとおっしゃったので、今は飲める者も飲めない者も食事の準備を…、いえ、もう始めているようですね。この棟は西の壁の破損を口実に、我々以外に客は入れないよう主が手を回しております。中庭で食事にいたしますから、よろしければ王もおいで下さい」

戸口を振り返ったハカムが、肩を竦める。視線を巡らせると、透かし彫りで飾られた窓越しにいくつかの人影が見えた。

部屋に沿って巡らされた回廊は、その中心が日差しを浴びる中庭になっている。街道沿いの商隊宿に比べてしまえば、市中に立つこの宿の規模はちいさい。だが中庭に茂る木々は、豪華な商隊宿に劣ることなく見事なものだ。天蓋《てんがい》のように広がる枝の下で、今は隊の男たちが大きな卓《テーブル》を用意していた。

市場で買い求めてきたものか、卓には果物の他に薄く焼かれたパンや水差しなどが並べられている。

大ぶりの鍋などが運ばれ、すでに盃を傾けている者の姿まであった。

「では、俺たちも飯にするか」

促され、エウロラが長い睫を揺らす。

「え…？　いえ、私は」

エウロラはこの商隊に差し出されてから今日まで、兵士たちとはほとんど食事を共にしてこなかった。侍女たちとも離れ、一人ですませることが大半だ。自分の立場を思えば、その扱いは理に適っている。誘われるとも、考えていなかった。思わず驚きを露わにしたエウロラを、男が覗き込む。

「どうした。気分でも悪いのか？」

「い、いえ…、私はやはり、もう少しここで休ませていただこうと思います。どうぞラシード様は皆さんと…」

酒席を楽しまれてきて下さい。そう続けようとしたエウロラの視界が、大きく揺れた。

「わ…っ」

逞しい腕に、軽々と引き寄せられる。抗う間もなく爪先が浮いて、エウロラは咄嗟に目の前の巨軀へとしがみついた。

「な、なに、を…」

いくら華奢とはいえ、右腕一つで掬い上げるなど簡単ではないはずだ。そう思うのに、足元をふらつかせることもなく、男の肩へと担ぎ上げられた。

「来い。これ以上痩せられては適わん」

家畜の肉づきでも、確かめようというのか。腿の裏をさすった男が、平然と踏み出した。

「ひぁ…」

「干し肉より、ましなものがあるはずだ。なにかは食えるだろう」

「待…、でしたら私は…」

食事を取るにしても、ここで十分だ。そう訴えようにも、耳を貸す気はないのだろう。戸口をくぐった男が、迷いのない足取りで回廊を横切った。

「ラシード王…！」

黒々とした影が、石畳に落ちる。その気配に兵士たちが息を呑んだのは、わずかな間だ。次の瞬間、わっと歓声が弾けた。

「ラシード様！」

声を上げた兵たちが、王のために席を整える。当然のように進んだ男が、エウロラごと長椅子へと腰を下ろした。

「まだ戻っていないのは、マタルたちだけか？」

「手筈通り、蛇に会いに行っております。そろそろ戻るでしょう」

不穏な呼称は、協力者を示すものか。応えた兵の一人が、ラシードへと酒盃を差し出す。その腕を、向かいから伸びた手が摑んだ。

「お待ち下さい、ラシード様。それよりも…、いえ、マタルの首尾は大切ではありますが、しかし我々にはもっと重要なお話がございます」

固い声で切り出したのは、ずんぐりとしたバッハールだ。長椅子から立ち上がった髭面の副長に、隊員たちが視線を見交わす。その目が、誰へと行き着くのか。確かめるまでもなく、エウロラには分かりきっていた。

「…バッハール様、ご指摘は当然のことです。申し訳ありません。亡くなられた方たちの…」

「聖女様に、我々一同心より感謝をお伝え申し上げたい」

深々と頭を下げられ、エウロラが暁色の瞳を見開く。

「なに、を…」

ミシュアル王を討つことは、ラシードの力を以てしても容易ではない。だが聖女である自分を用いれば、必ずや目的は達せられる。そう訴えることで、エウロラはこの隊に残る道を得た。

しかし昨日の行いは、十分であったと言えるのか。

敵襲を言い当てはしたが、それだけだ。自分は、救えなかった命こそを責められる立場にある。そう覚悟したエウロラの足元へと、バッハールが進み出た。

「聖女様のご神託によって、我々は昨夜を生き延びることができました」

その響きに、皮肉はない。

砂埃に汚れた中庭で、バッハールが迷うことなく膝を折る。他の兵たちもまた、促されることなくエウロラへと頭を垂れた。

「な…。おやめ下さい。あれしきのこと…」

「あれしき？　エウロラ様は見事に奇襲を予言された」

「それだけではありません。あの悪路をものともせず、我々を荷車の元へ、そしてここへお導き下さった」

たとえ月明かりや星に助けられていたとしても、夜の荒野で馬を駆るのは容易ではない。それは天地も定かでない悪路を、目隠しで疾走するのと同じことだ。

「まるで、遥か前を行く荷車が見えておいでなのかと思いました」

真っ直ぐ進めと告げたエウロラの声を、思い出したのか。身を乗り出した兵の一人が、深い息を絞った。

「この者の言う通りです。しかしなにより、王の剣であり盾であることを忘れず生き延びよとおっしゃった、あのお言葉…！」

強く拳を握り締めたバッハールは、その見た目の通り情に厚い男なのだろう。涙を堪えるように、副長が王の膝に抱えられたエウロラを見上げた。

「このバッハール、目が覚める思いがいたしました。聖女様がおっしゃる通り、我々は王のための剣、そして盾となってこそ意味を成す身。無駄死にを許される立場にはありません」

「お許し下さい、バッハール様。昨日は出過ぎたことを申し上げました」

「なにをおっしゃるのですか！　ラシード様が自らこの地に馳せ参じられたるにはそれだけの理由があってのこと。そして我らはその剣となり、盾となるため望んでここまで参りました」

今この場にいる男たちは、皆志願して王の隊に加わった。それは、事実なのだろう。隊のなかでも年嵩といえるバッハールの言葉に、兵士たちが大きく頷いた。

「生き抜くは己がためにあらず、王のためなり。裏を返せば、その務めを果たさず死ぬなど許されないということです」

平淡な声音《こわね》で告げたハカムが、エウロラへと盃を差し出す。立ち上がったバッハールが、先を争うようにそれへと葡萄酒を注いだ。

「いかにも……！　エウロラ様がお守り下さったのは、我々であって我々ではない。聖女様は我らが王こそをお守り下さった」

今日死ぬ定にある者も、そうでない者も。

そう告げたエウロラの言葉の意味を、バッハールは正しく理解しているのだろう。感に堪えない様子で、副長が目頭を押さえた。

「そもそも聖女様がいなければ、のろまなハーリスは今頃死病の毒にやられていたはず。そうなれば奇襲以前に、俺たちは今頃病で死んでいたかもしれない」

「誰がのろまだ」

盆を運んできた青年が、茶色い目をした兵を殴る。ばしりと響いた派手な音に、男たちが声を上げて笑った。

「私にできたことなど、限られておりますが…。それでもハーリス様にお変わりがないのであれば、嬉しいことです」

あの休息地で幽精の瘴気を浴びた兵は、ハーリスというらしい。幸いにも彼は、咳一つこぼすことなく今日を迎えられたようだ。

尤も死病がその身を蝕む早さには差があり、瘴気に触れた直後に異変が生じる者もいれば、数日経って発熱する者もいた。だが運がよいことに、ハーリスは瘴気を深く吸い込んではいないのだ。きっとこのまま、何事もなくすごしてくれるだろう。安堵の息をこぼしたエウロラの手を、熊のようなバッハールのそれがぎゅっと握った。

「これほどの御業《みわざ》を、このバッハールは初めて目の当たりにいたしました。あなた様が我が隊に…、王のお側においで下さいましたこと、心より感謝申し上げます」

「感謝申し上げます、聖女様」

「聖女様…！」

副長に続き、兵士たちもまた酒盃を掲げる。

男たちの目に宿るのは、真摯《しんし》な輝きだ。真っ直ぐに見詰められ、エウロラは頑丈な腿の上で身動いだ。

「おやめ下さい。私は感謝いただくようなことはなにも…」

嵐のような歓声の直中に放り込まれたことは、これまでに幾度だってある。出征する兵士たちに、ミシュアル王は聖女の託宣を与えることを好んだ。勝ち戦だと鼓舞されれば、死地に向かう者たちの士気さえ上がる。

今だって、それは同じことだろう。ラシード王の兵のために、鷹揚に微笑《ほほえ》んで応えるべきだ。分かっていたが、エウロラは首を横に振ることしかできなかった。

「ご謙遜とはまた奥ゆかしい。聖女様にご納得いただけるまで儂《わし》は一晩でも二晩でもその素晴らしさを語…」

「そこまでです、バッハール様。盾たる我らは命を大切に扱わねばならないと、学んだはずでしょう？」

盆に手を伸ばしたハカムが、エウロラの前へと大きな皿たちを並べる。艶々と焼き上げられた鶏から香ばしい香りが立ち上り、不覚にもぐぅ、と腹がちいさく鳴った。

「はて、それは一体…」

いかな意味かと首を傾げたバッハールに、ハカムが手にしたナイフで示した。

「手を」

その手を放した方が、身のためです。それを全て言葉にする必要は、なかったらしい。

エウロラの手を固く握るバッハールが、注がれるラシードの眼光に気づき目を剝いた。

「こ…、こここれは王…！　ごごご誤解でございます！　儂は…」

「放せ」

自分が一体、なにを握り続けているのか。理解できても、咄嗟には動けなかったのだろう。低く促されたバッハールが、まるで焼けた鉄ででもあるかのようにエウロラの手から指を解いた。

「おおおおお許し下さい、王！　つい聖女様のお力の前に我を忘れ…」

「忘れすぎだろう」

ち、と鋭い舌打ちが、顳顬の真横で響く。果たしてそれは、一国の王の仕種だろうか。吐き捨てられた言葉の粗雑さも、およそ王冠を戴く者のものとは思えない。

そもそもこの格好からして、どうなのか。堂々とエウロラを膝に抱えるラシードは、とてもではないが威厳に満ちているとは言いがたい。だがそんなことには頓着する様子もなく、ぎろ、と王がバッハールを睨めつけた。

「ラ、ラシード様がかように慈悲深く、聡明なお方を娶られたことが嬉しくて、年甲斐もなく舞い上がってしまいました」

「慈悲深く、聡明？　随分と達者な口を利くものだな、バッハール。だがお前ごときの舌先で俺を懐柔しようなど、無駄なことだと思わないか？」

卓に右の肘を置いたラシードが、ぐ、と副長へと身を乗り出す。

なんという威圧感か。真っ直ぐに部下を見据えるその眼は、冗談を言っているものとは思えない。

「懐柔などと、滅相もない……！　このように先を急ぐ旅でさえなければ、国の長老方だけでなく、ファルハ国の老王に宛てても謙虚にして勇敢、ラシード王の眼光を懼れないどころか弩の腕前まで優れたる美貌の聖女様を是非正式な妃として迎えるよう、天に届くほどの訴状をお送りしたいと真剣に……」

「書いたのか？」

「……は？」

低い問いに、バッハールが首を傾げる。

「その訴状とやらは、書いたのか？」

「……ま、まだでございますが……」

慎重に応えた忠臣に、ラシードが男らしい眉を引き上げた。

「いいだろう。そんなに書きたければ、今すぐ書くことを許す。ハカム、爺どもへの訴状を書き終えるまで、バッハールには酒も食事も与えるな」

「な…！　殺生な！」

叫んだバッハールが、おかしかったのか。どっと、兵士たちから笑い声が上がる。

「いいや寛大ですよ、バッハール様。畏れ多くも聖女様の御手を握ったにも拘らず、バッハール様の手はまだ体に繋がっているのですから」

「首もな」

真顔で指摘したラシードに、バッハールが声にならない悲鳴を上げる。無慈悲にも、ハカムがバッハールの席から酒盃を取り上げた。

「バッハール様が訴状を書き上げるより先に、王より賜った酒がつきる方に銀貨を一枚」

奇術のような器用さで銀貨を取り出したハカムに、兵士たちが歓声で応える。

「俺も先に酒がつきる方に銀貨を一枚！」

「俺もだ！」

「なにを言うか！　お前たち…！　ええい今すぐ書き上げてみせるから見ておれ！」

次々と上がる声は、どれもバッハールの敗北に賭けるものばかりだ。席に着いたバッハールのため、ハーリスが墨《インク》を用意しようと建物へと走ってゆく。

「まさかお前は、バッハールが即座に訴状を書き上げる方に賭ける気なのか？」

自分は余程、驚いた顔をしていたのだろう。ぱちぱちと瞬くことしかできずにいたエウロラを、鼻先から黄金色の双眸が覗き込んだ。

「そ、そんな、副長を賭けの対象にするなど…」

「書き上げられると思うのか？」

「無理でございます」

思わず、率直な言葉がこぼれる。尤もそれは、千里眼を持たずとも分かりきった結果だろう。

「そいつはかわいそうにな。バッハールは酒にありつけないか」

バッハールに難題を押しつけたのは、言うまでもなく目の前の男自身だ。いかにも同情を込めて顎に手をやるが、その口元には憐憫の欠片すらない。

「…バッハール様が今日お酒をお召し上がりになれない、とは申しませんが…」

「そいつは随分と、あいつの肩を持つではないか」

眉を引き上げたラシードが、がじりとエウロラの首筋を囓る。

「っ、な…」

「まあいい。聖女とは、慈悲深いものだろうからな」

どこまでが、皮肉であるのか。首筋を庇《かば》うエウロラに鼻面を擦りつけ、ラシードが皿の一つから肉を削いだ。

「尤もこれしきで騒いでいては、身が保たんぞ。バッハールの奴も相当だが、故郷《くに》の爺どもはあれ以上にうるさくしつこい狸《たぬき》ばかりだ」

覚悟しておけ。

よく焼けた肉を口元へと差し出され、エウロラが目を瞠る。

故郷の、長老たち。

ラシードは本気で、彼らにエウロラを引き合わせると言うのか。それは取りも直さず、エウロラをカルブサイド国に連れ帰るという意味だ。この行軍を成し遂げ、生き延びて。

「どうした。羊肉も口移しでないと食えないか？」

「ち、違います……！」

口を開こうとしないエウロラを、肉を拒むものと理解したのか。咎めるように肩を嚙られ、エウロラははっと大きく首を横に振った。

「そうでは、なく…」

続く言葉を見つけられなかったエウロラへと、王がナイフに載せた肉を突きつける。魅惑的な脂《あぶら》の匂いが鼻先をくすぐり、エウロラは恐る恐る肉へと嚙みついた。

「っ、畏れ多い、ことです。…私は王の兵をお救いできなかっただけでなく、ミシュアル王の元で生かされてきた立場であるのに…」

ここにいる者たち全員から、仇と責められても不思議はないのだ。そうであるにも拘らず、兵たちは自分を命の恩人と呼んでくれた。

聖女である、と。有益な戦力であると認められて初めて、この隊に残る理由を得られる。それはエウロラ自身が、強く望んできたことだ。

だがいざこうして聖女と讃えられると、その響きの重さに喉の奥が苦くなった。

「難儀なものだな。聖女というものは」

「っあ…」

もう一欠片、先程より大きな肉塊を突きつけられる。

ぐ、と口へと押し込まれると、香辛料の香りが鼻へと抜けた。香ばしい脂の甘さが口腔に広がって、嚙み締めると舌が蕩けてしまいそうだ。

「俺が聖女を厭う臍曲《へそま》がりであるが故に、お前はここで自分の価値を示す必要に迫られた。そして見事示してみせたにも拘らず、いざ称賛を受けると今度はそれを過分なものだと言い出す」

そんなつもりはないと応えたくとも、口のなかの肉が邪魔をする。だが言葉にしてしまえば、ラシードが指摘した通りなのだろう。もぐもぐと肉を嚙み、エウロラは長い睫を伏せた。

「私は…」

「楽観するより、気を張って周囲に目を凝らしている方が安心できるのだろうがな。だが自分を責めすぎても、いい結果にはならん」

ラシードの眼に、自分はそんな形に映っているのか。違う、とはやはり声にできず、エウロラはごくりと肉を呑み込んだ。

エウロラには、自身を責めるに足るだけの理由がある。それを正しく理解すれば、ラシードも決して同じ言葉を口にはしないはずだ。

「…買い被りです。私は傲慢《ごうまん》であるからこそ…」

声の終わりを待たず、がぶ、と並びのよい歯が顎先へと食い込む。

今度は、エウロラが囓られる番なのか。獣のような口で顎を囓られ、ひゃ、と間の抜けた声がこぼれた。

「だから難儀だと言っている。…それだけ、周囲がお前に完璧であれと求めてきた結果なのだろうがな」

俺こそが、その最たる者の一人か。

舌打ちをしたそうに唇を歪めた男が、鼻梁へと唇を押しつける。歯を立てた場所を、慰撫《いぶ》しようとする動きだ。ちゅ、と音を立てて薄い皮膚を吸われ、甘い痺れが口蓋にまで散った。

「ん、ぁ王…」

兵たちが集うこんな場所で、なにをするのか。慌てて顔を押し返そうともがくと、王が視線を投げた。

「見えるか?」

食卓を示され、瞬く。なにを、と尋ね返そうとしたエウロラに、ラシードがもう一度顎をしゃくった。

丁度酒壺《さかつぼ》が一つ空になったのか、兵士たちからどっと笑い声が上がる。そのなかの一人が、楽器を手に立ち上がった。

縦にも横にも大きなその男は、およそ楽器など好みそうに見えない。だが口々に促され、太い指が思いがけない器用さで五弦を爪弾《つまはじ》いた。

「お上手なんですね」

旋律に、わっと歓声が爆ぜる。

あふれ出た音色に誰かが声を上げ、軽快に手を打った。足を踏み鳴らす者もいれば、卓を叩く者もいる。

「ここにあるものは全部、昨夜お前が救ったものだ」

光を浴びる中庭を眺め、ラシードが黄金色の双眸を細める。

更に一つ酒壺が空きそうなのか、盃を掲げた兵士たちが手を叩いた。それを咎める声が、卓の端から上がる。憤るバッハールの手に握られているのは、皿ではなく筆だ。どうやらハカムは本気で、バッハールに訴状を仕上げさせる気らしい。

「こいつらが笑う顔を、俺は久し振りに見た」

敵陣深くへと、潜行する旅だ。どんな窮地《きゅうち》に陥ろうとも、援軍は望めない。

騎馬の民を始め、協力者と呼べる者は確かにいる。この宿での滞在を含め、ラシードは綿密な計画と、それを支える密偵を駆使しここまで進んできたはずだ。だがそうだとしても、己が身を危険に晒す旅であることに変わりはない。

ここに至るまでにも、一体どれほどの犠牲を払ってきたのか。そしてこの先の道から、生きて帰れると楽観している者など誰もいないだろう。

「お前のお蔭だ。礼を言う」

「な…」

礼と、言ったのか。

呪われた凶王と懼れられる男が、この自分に。

「兵の死の責任を問われる者がいるとすれば、それは言うまでもなくこの俺だ」

傭兵であれば金銭で、家臣であれば利害によって主従の関係は成り立つ。ラシードにおいても、それは例外でない。だがフェルマシェでそうだったように、ラシードにとって、彼らはただの手駒ではないのだ。

この事実に、喜ばない兵士がいるだろうか。どうせ捨てる命ならば、ラシードの手にこそ委ねたい。そう男たちが心酔するのも当然のことだ。

「俺は俺の一存で、ここにいる者たちの命を使うことができる」

平淡な声音には、どんな気負いもない。必要とあれば同じ冷徹さで、ラシードは兵たちにその命を差し出すよう命じるはずだ。

「当然、俺にはその忠信に報いる義務がある。だが俺はこいつらに緊張を強いることこそあれ、安堵させてやれることは少ない」

死に損ないの凶王と、ラシードがそう呼ばれるには理由がある。

敵も味方も、ラシードの周囲ではあまりに多くの者が死にすぎた。隊の者たちの忠義心を、疑う理由はない。だがその彼らをしても、王の陰に棲む呪いを無視するのは難しいことだろう。

「笑わせてやるなど、到底無理なことだ」

「…そんなことは」

ラシードは、その両腕に多くのものを抱えている。それらの大半は、彼が負うべき予定ではなかったものたちだ。だが運命は、その双肩にいくつもの重責を積み上げた。

国を護ること、民を導くこと。大陸を踏み荒らす、難敵を討つこと。

たとえ命を投げ打とうとも、どれか一つでさえ並の者の手には余る。それにも拘らず、ラシードは全てを生きて果たすよう求められた。

「お前は、俺にできないことをやってのけた。これが聖女の力だというなら、大したものだ」

「っ…」

聖女など、まやかしにすぎない。

ラシードはそう断じて憚らなかった。その男が、感嘆を込めて言葉にしてくれるのか。大したものだ、と。聖女の力を。エウロラの、行いを。

「おやめ下さい。そのようなこと…」

冴えた痛みが、眼底を刺す。

予想していなかった刺激に、動揺に近いふるえが込み上げた。嗚咽《おえつ》に変わりそうなそれを留めたくて、唇を掌で塞ぐ。泣く理由など、ない。そもそもそんな衝動が自分にあること自体に、混乱した。

「お前にも笑ってほしいと考えるのは、強欲なのだろうな」

唇に触れられないことが、惜しいのか。れろ、と獣がそうするように、王がエウロラの瞼を舐めた。思わず顎を引いた動きを追って、額へと額を重ねられる。睫が触れてしまいそうな近さで、黄金色の双眸が瞬いた。

「なにが視える？」

低められた声に、首筋の産毛がぞわりと逆立つ。

ラシードの双眸を覗き込んでいるのは、エウロラであるはずだ。だが王にこそ胸の内側までを切り開かれている心地がして、かち、と奥歯がちいさな音を立てた。

「実際お前の目になにが視えるのか、視えていないのか…。そいつはどうだっていいことだ」

だが、と続けた男が、暁色の髪を掻き上げる。するりと左の耳殻をくすぐられ、エウロラは痩せた肩を竦ませた。

「なにが見えていたとしても、そいつは愉快なものばかりではないのだろうな」

どんな運命が、待ち受けているのか。およそ人の身では、そんなものは知りようがない。

だがこれから自分たちが、どれほど不利な敵地に飛び込もうとしているのか。それを知るラシードの眼には、結末の一端が見えているはずだ。楽観とは無縁な男の指先が、エウロラの唇をそっと辿った。

「重ねて礼を言う。お前は約束した通り、聖女としての務めを果たしてくれた。今、この瞬間も」

聖女はそれを慕う者にとって、灯火だ。

どれほど深い闇のなかにあってさえ、その光はあたたかく世界を照らす。裏を返せば、救済を熱望する者たちの目に、聖女は常に曇りなきものに映らなければならない。一欠片の悲嘆も悟らせることなく、完璧に。

唇を撫でた声の響きに、眼底を刺す痛みが鋭さを増した。

「私、は…」

繰り返した言葉が、掠れる。強く瞼を閉じても、王はエウロラを責めはしなかった。

「…私こそ、お礼申し上げます」

絞り出せたのは、それだけだ。深く息を啜《すす》り上げたエウロラへと、ぐ、とラシードが額を擦りつける。まるで言葉を持たない獣が、応えるかのようだ。

雄弁な仕種に、ふ、と息が解ける。笑みに似ているが、同じものだとは思いがたい。それでも、エウロラはできる限り鮮やかに唇を綻ばせた。

「人の身にはすぎたる野望を抱くミシュアル王…。これを討てるお方は、ラシード様をおいて他にはおりません」

声をひそめる必要はない。

それは、揺るぎようのない事実だ。淀みなく告げて、手を伸ばす。わずかな弛みもない王の顔貌に触れると、眼窩の彫りの深さが直接掌に伝わった。

「私を隊にお加え下さり、心より感謝申し上げます」

憂いを覗かせ、兵を怯えさせることがないように。笑えと、王は命じたわけではない。むしろそんなこと望んでさえいないだろう。そうだとしても、エウロラは晴れやかに笑ってみせた。

「王とその勇敢な剣たちが、無事に任を全うできるよう、約束通り…」

「まだだ」

力が及ぶ限り、お仕えします。そう続けようとしたエウロラの手に、ごつごつとした鼻梁が擦りつけられた。

「…え?」

「お前はまだ、この隊の一員ではない」

迷いなく断じられ、指先がふるえる。

「お、お許し下さい。身の程を知らぬにも…」

「聖女殿が正式に我が隊に加わるためには、なにが必要だ?」

青褪めるエウロラを膝に抱え、ラシードが声を上げた。騒乱の坩堝《るつぼ》と化した戦場においても、その響きは雷鳴が如く耳に届くのだろう。王の声に、兵士たちが視線を振り向けた。

「聖女様が、我が隊に？」

ぴたりと、音楽が途切れる。兵たちの目が、一斉に王に抱えられたエウロラを見た。

「そいつは僥倖《ぎょうこう》だ！　聖女様が我が隊の一員となられるのであればやはり…」

「伝統に則《のっと》るならば、これが必要でしょう」

すらりと立ち上がったのは、ハカムだ。笑みもなく頷いた青年が、なにかを掬い上げる。

賽子《さいころ》だ。

空《から》の盃へと賽子を投げ入れたハカムに、おお、と兵士たちが雄叫びを上げた。

「副長が無事酒にありつけるかどうかじゃあ、賭けにならないもんなァ」

「しし失敬な…！　聖女様は儂が今すぐこれを書き上げる方に賭けて下さるに決まっておる」

「すでに賭けているぞ。無理だとな」

冷徹なラシードの言葉に、バッハールが目を剝く。

「なんと無体な…」

「しかし聖女様を相手に賽子を振るとなると、それこそ張る相手がいないんじゃ？」

酒盃を手にしたハーリスが首を傾げるのも、無理のないことだ。千里眼で名高い聖女と、賽子で競おうなどという者がいるのか。兵たちが互いを見交わすなか、エウロラを抱く男が笑った。

「俺が張ろう」

「っ、お待ち下さい、王。そもそも私は賭け事など…」

こんなものは、ただの遊戯だ。そう言われたとしても、聖女が興じてよい遊びとは思えない。首を横に振ったが、ラシードは意地の悪い笑みを深くしただけだ。

「不謹慎か？　それとも俺が相手では、赤子の手を捻るようで気が引けると？」

分かりやすい挑発に、兵士たちが沸き上がる。

「三枚…！　儂は聖女様に、銀貨を三枚賭けるぞ！」

筆を放り出したバッハールが、真っ先に銅鑼《どら》のような声を張り上げた。

「いいんですか、副長。ここは我らが王に賭けておくのが、副長の位にある者の作法なのでは？」

「俺は王に賭けるぞ！　聖女様の千里眼は恐るべきものだが、我らが王の勝負強さも相当なものだ。銀貨二枚、王に賭ける！」

「私は聖女様に、銀貨を一枚！」

皆、余程賭け事が好きらしい。いや、こうして運を試すことで、日常を維持しているのか。好き勝手に叫ぶ兵士たちを眺め、ハカムが満足そうに頷いた。

「これなら十分、勝負が成立しそうですね」

エウロラに賭けるということは則《すなわ》ち、王の敗北に賭けるということだ。隊員たちにとって、その選択が容易とは思えない。そして同じ困難さは、エウロラ自身にもあった。

だが王に花を持たせようなどと考えれば、占術師としての評判に傷がつきかねない。そもそも賽子を振るのがあのハカムである以上、勝ちを譲る、などと言っていられるとは限らないのだ。

「…これはなかなか、難しいですね」

素直に呻いたエウロラを、厳つい手がぞろりと撫でた。

「聖女殿に賽子で挑むのだからな。丸腰で討って出るわけにはゆくまい？」

にたりと笑う男は、負けるつもりなど毛頭ないのだろう。実際、これは厄介だ。出目を当てるだけの単純な遊戯が、すっかり面倒な心理戦へと取って代わっている。

「……分かりました。僭越ながら、お相手させていただきたく存じます」

逃れる術がない以上、腹を決めるしかない。ただし、と言葉を継いで、エウロラは頑丈な膝の上で居住まいを正した。

「ただし私が勝ったら、隊に加えていただくだけでなく、バッハール様に一杯、葡萄酒を振る舞って下さいませんか」

どう頑張ろうとも、酒がつきるより先にバッハールが訴状を書き上げる目はない。だからと言って、バッハールが今日酒を飲めないとは言えない、と。

先程そうエウロラが口にした言葉を、王が忘れているとは思わない。にっこりと笑った聖女に、兵士たちからどよめきがもれた。

「聖女様に、銀貨をもう一枚！」

「俺は、王に…！」

男たちの熱狂に応えるように、再び音楽がかき鳴らされる。

「いいだろう。俺に勝てたら好きなだけくれてやる」

賽子が振られるのを待たず、すでに勝負は始まっているのだ。音楽と歓声に包まれた中庭で、ハカムが優雅に盃を伏せた。


「繕《つくろ》い物でございますか、エウロラ様」

驚きを帯びた声が、近づく。手元へと注がれた視線に気づき、エウロラは顔を上げた。

「強いて言えば編み物、でしょうか」

繕い物は、正直あまり得意ではない。だがハーリスから借りた銀の針を、エウロラは卓の縁に刺していた。指に絡めた細い糸を、固定するためだ。

「編み物？　なにを編んでおいでで？」

不思議そうに首を傾けたハカムの前髪を、やわらかな風が撫でる。

中庭へと注ぐ陽光は、今日も眩い。だがそこに、昨日と同じ喧噪は混じらなかった。今中庭を占めるのは、穏やかな午後の静寂だ。少しがたつく長椅子に腰を下ろし、エウロラは自らの手元へと視線を落とした。

「指輪の、つもりです」

「まさかこれは…」

エウロラの指に絡むものが、なにか。目敏《めざと》いハカムは、すぐに気がついたらしい。

「ええ、私の髪です」

言葉の意味を示すように、エウロラは赤い髪をするりと編んだ。

「御髪《みぐし》を、お切りになったのですか⁉」

ハカムは、決して情に薄い男ではない。むしろ彼は好奇心が強く、ラシードに対しては誰よりも献身的だ。だが常に飄々とした物腰からは、その感情を読み取るのは難しい。そんなハカムが、今は分かりやすく目を剝いていた。

「抜けたものも加えているので、ほんの一房切っただけです」

「そうだとしても、聖女の御髪といえば、黄金に等しいもの。何故そのような…！」

エウロラが自らの髪に手をかけたことが、余程驚きだったのだろう。目を見開いたまま、ハカムがまじまじとその手元を覗き込んだ。

「御守りを、作れないかと思って」

一撮《つま》みの髪を編んだそれは、頼りないほどに細い。そんなもので指輪を作って、なんになるのか。ハカムはそう、笑ったりはしなかった。

「…王の、ためにでございますか？」

唸るような問いには、確信が滲む。しかしエウロラは、そっと首を横に振った。

「いえ、皆さんに使っていただけたらと」

「…皆？　副長を含めた、私たち隊員に？」

念を押したハカムに、エウロラが頷く。それは到底、信じがたいものだったのか。おもむろに、ハカムが自らの目元を右手で覆った。

「ハカム様…？」

そのまま天を仰いだ青年に、エウロラこそが目を剝く。

「エウロラ様が、我々に御髪を…」

低く繰り返したハカムが、崩れるように長椅子へと腰を下ろした。

「……では、金貨二枚でいかがでしょう」

「金貨？」

低く声を落とされ、エウロラが首を傾ける。

「すみません、安すぎましたか。確かに…。そうであれば、金貨四枚では？　勿論エウロラ様が三、私が一です」

「待…、い、いけません！　そんなこと」

この指輪を売ろうというのか。驚き声を上げたエウロラに、ハカムが真顔で首を捻った。

「…お許し下さい。私としたことが、強欲がすぎました。やはり、エウロラ様が金貨三枚と銀貨三枚、私が…」

「配分の問題ではありません！　駄目です、売るなどと！　差し上げるつもりの品ですから」

当然のことだ。しかし青年には、やはりどうあっても信じがたいのか。いや、彼らしくないが、もしかしたら恐ろしく動転しているのかもしれない。ぽかんと口を開いたハカムが、まじまじとエウロラを凝視した。

「冗談にもほどが…。いえ、慈悲深いにも限度というものがあるでしょう。大体、昨日だって…」

昨日。

自分が口にした言葉に、ハカムが眉間を歪ませる。

「王の懐を空にして差し上げる、絶好の機会でしたのに。副長に阿呆《あほ》ほど酒を飲ませてやっただけで終わりだなどと、あり得ないことです」

呆れているのか、腹を立てているのか。もしかしたら、その両方かもしれない。奥歯を噛んだハカムが、歯の隙間から苦い息を絞った。

昨日、エウロラはまさにこの卓で、ラシードと賽子遊びに興じたのだ。

遊び、と言うには、些か緊迫したものであったことは否定できない。一国の王と千里眼を誇る聖女とが、賽子の目を巡って競い合ったのだ。

「無理です、そんな。ラシード様の懐を空にするなんて」

「ご謙遜を。あの王を、賭け事であそこまで追い詰めたお方を私は初めて見ました」

わずかな笑みも交えることなく、ハカムが頷く。確かにラシードの勝負強さには、目を瞠るものがあった。賽子の目を読むことは、エウロラが得意とするものだ。そのエウロラをしても、遊戯の最中背筋が冷たくなったのは一度や二度ではない。

「追い詰められたのは、私の方です。実際、お勝ちになったのもラシード様なのですし」

「あれはエウロラ様に代わり、勝負に討って出た酔っ払…失礼、副長が返り討ちに遭った、それだけのことです。大体、エウロラ様は最初、ルールさえよく分かっておられなかった。そうでしょう？」

指摘されれば、首を横に振ることはできない。薄い唇を引き結んだエウロラに、ハカムが大袈裟な息を吐いた。

「まさか賽子の出目を当てようとされるとは」

「申し訳ありません……」

賽子で遊んだ経験は、無論ある。だがあんなふうに賭け事をしたのは、昨日が初めてだったのだ。勝敗が、なにによって決まるのか。遊戯に精通している者なら皆が知るであろう規則《ルール》にすら、エウロラは明るくなかった。

「二つの賽子を振って、その和をぴたりと当てるなど、人間には至難の業《わざ》です」

出目の合計が奇数か、あるいは偶数か。選択肢が二つに絞られていたとしても、的中させるのは容易ではない。それが出目の合計そのものとなれば、尚更だ。しかしエウロラは、昨日わずかな狂いもなく一つの数字を言い当てた。

ハカムが盃を伏せた最初の一投目で、二つの出目の和を誤ることなく口にしたのだ。

「牽制《けんせい》、という意味ではなかなかに大胆な手でしたが」

「……重ね重ね、申し訳ありません」

実際、それは牽制だった。エウロラの霊力の精度を、初手で示す。それによって聖女としての能力を印象づけられれば、最終的に負けたとしても評判が失墜することはない。同時に不意を突くことによって、ラシードの独壇《どくだんじょう》場に持ち込まれることを防げるのではないか。

そうした狙いがあったのは、確かだ。だがそれらが上手く機能したかといえば、どうか。結果として王の出鼻を挫くことができたとは、とても言えなかった。

「何故謝られるのです？　王も大変感心しておられました。一昨日の件といい、聖女様の胆力がよく現れていたと」

とてもではないが、褒められているとは思えない。少なくとも、いずれも聖女らしい行いとは言えないのだ。

「お恥ずかしい限りです…」

「是非胸を張られて下さい。あの王に、真正面から挑まれたのですから。お蔭で隊員たちは大喜び。あれほど盛り上がったのは、久し振りです」

おそらく、それは事実だろう。エウロラが最初に数字を口にした時、兵士たちは皆困惑に顔を見合わせていた。聖女様は、一体なにを言い出したのか。呑み込めずにいた兵士たちはしかし、盃から現れた賽子を目にし言葉を失った。

エウロラの力は、まやかしなどではない。

敵襲を看破した力は、本物なのだ。その確信に、王に賭けた兵たちまでもが酒盃を掲げて歓喜した。

「いくらお礼を申し上げても足りません。聖女様が我らが王のお相手をして下さったからこそ、昨日は久し振りに楽しい宴となりました」

楽しかった。

正直に告白するならば、それはエウロラも同じだ。いやきっと、昨日の出来事を誰よりも楽しんだのは自分であるに違いない。

目を閉じるまでもなく、賑やかな音楽が耳へと蘇る。手拍子に、笑い声。荒っぽい歓声は、粗野と呼んでもよいものだ。神殿や後宮では決して耳にすることがなかった響きが、昨日は嵐のようにエウロラを揺さぶった。

賭け事に興じて称賛されるなど、聖女にあるまじきことだ。故国の神官たちが知れば、どんな顔をするか。

許されないことなのは、十分分かっている。だが胸の内を言葉にするなら、それはやはり楽しかったのだ。白熱する男たちに囲まれ、気がつけばエウロラもまた笑い声を上げていた。

「お礼を申し上げるべきは、私の方です。勝負に負けてしまったにも拘らず、こうして隊に迎え入れて下さったのですから」

エウロラには、人の目には映らないものが視える。それは血で綴られた過去であったり、遠い未来であったりした。エウロラの内側を通り抜けてゆくそれらは、全てが順序立てて像をなすわけではない。

ラシードたちがいかにミシュアル王を狙い、その首に肉薄するか。

幻視自体は鮮やかでも、行程の詳細は読みがたい上、時には雲のように不確かだ。ラシードの隊に、無事加わることができるのか。それさえ、エウロラには難題だった。それがまさか、彼らとあんなにも賑やかな時間をすごすことになるとは。

ミシュアルの王宮で、エウロラは文字通り崇拝されてきた。だがそこに、ぬくもりを覚えたことはない。救いを求め、誰しもが聖女へと手を伸ばす。一欠片でも多くの安寧を毟り取ろうと、縋るのだ。

掻き削られるエウロラの苦痛に頓着する者など、誰もいない。エウロラ自身、そんなものがあることさえ忘れていた。

だが昨日、ラシードとその兵たちが差し出してくれたものは違う。そう、彼らは差し出してくれたのだ。聖女に対する、崇敬だけではない。王に殉《じゅん》じる者の一人としてこの自分を迎え、そして居場所を空けてくれたのだ。

「まさか、そのためにこれを？」

ラシードたちが、今後どんな道を踏み締めるのか。それが文字通り死地に迫るものであることを、知らない者はいない。

彼らのために、自分ができることはなにか。思い悩んだ末、エウロラは暁色の髪に手をかけた。

「もっと、他にもできることがあればよいのですが…。明日には、出発されるのでしょう？」

どこに、と言葉にする必要はなかった。明日、と告げたエウロラに、ハカムがわずかに目を瞠る。

「…王よりお聞き及びなのかと、そうお尋ねするのは野暮のようですね」

「祭事を利用するのであれば、自ずと日は限られます」

ミシュアル王が居城とするのは、ここから更に東へ進んだフリュト城だ。ミシュアル王が入城する以前、そこは交易で栄えたサリア国の王城だった。東西に睨みを利かせるのに適したその立地は、西方の土地を狙うミシュアル王の野望を雄弁に物語っている。

高い城壁に護られたフリュト城は、古くから難攻不落の要衝《ようしょう》として知られてきた。ミシュアル王が改築を重ねた今は、どれほどの大軍を用いてもそれを落とすのは容易ではないだろう。その堅牢な城から、ミシュアル王は戦に出る以外にはほとんど姿を現さなかった。

暗殺を、恐れているのだ。稀に城を離れる場合も、仔細は重臣たちにさえ伏せられた。

そんな用心深い王の首を、どう討つのか。

ミシュアル城への侵入を試みるのは、いかにラシードが精鋭を揃えようとも無謀だろう。警備が厳重であるだけでなく、城内は複雑な迷路に近いのだ。後宮から逃げ出すのが難しいように、侵入者もまた王へは到達しがたい。

だが、明日は満月の夜が訪れる。

夏至《げし》に一番近い満月は、ミシュアル王の行動を読む千載一遇《せんざいいちぐう》の機会と言えた。

ナダの神殿で執り行われる祭事に、ミシュアル王はこの日だけは必ず足を運ぶのだ。王冠を我が物とするに際し、ミシュアルは父王が信奉する神を離れ、古い時代の神と契約を交わしたと言われる。以来ミシュアル王は戦のたびにこの神へと供物を捧げ、夏至の満月には欠かすことなく盛大な祭事を執り行った。

当然祭事の期間には、神殿にも厳重な警備が敷かれる。だがミシュアル城に比べれば、所詮は神殿だ。護るに万全とは、言い難い。

ラシードが夏至の時期にミシュアル王を狙うのであれば、神殿、もしくはそこに至る道中だと考えるのは当然のことだろう。

「エウロラ様のご加護があれば、皆心強く明日を迎えられることでしょう」

「ありがとうございます。ですが全てはここに至るまでの皆さんのご苦労と、綿密な準備があってこそ。明日は、水の道を辿られるとご推察いたしますが…」

過日、エウロラはテティの神殿で砂嵐に見舞われた。このイドの西北に位置するテティには、ナダの兄弟神が祀られている。夏至の祭礼に先駆け、エウロラはそこで水を汲み、祈禱を行う予定だったのだ。

貿易路から外れたテティには、大理石の祭壇《さいだん》の他に、深い井戸があった。それは水の道と呼ばれる水路を通じ、遠いナダの神殿にまで繫がっていると、そう伝えられている。

テティだけではない。このイドを含めた近隣の水場のいくつかが、ナダの地下にある泉と結ばれているのだと、古い歌には歌われていた。

「…エウロラ様は、水の道をご存知で？」

「いえ。実際に見たことも、実在すると聞いたこともありません。ですがラシード様がこのイドを選び、目指されたということは、言い伝えにある通り、ナダの神殿に至る道を見出しておいでなのでしょう」

ナダの泉に繫がる水の道は、神々が通る特別な水路だ。緑だった大地が荒野に呑まれる以前、人々もまたその水路を通じ互いに行き来した。古い歌にはそう伝えられているが、しかし今となっては信じる者はほとんどいない。各々の街の間には荒野が広がるばかりで、川さえ流れてはいないのだ。水路の遺構が見つかったという話も、聞いたことはない。

サリアを掌握して以降、ミシュアル王はナダの神殿とその周囲を幾度となく検めてきた。だがそこで見つかったものは古い時代の像くらいで、水路など痕跡すら見当たらなかったと聞いている。

「明日、実際にどのような道を進まれるかは分かりませんが、もしこれが水にぬれたとしても、それは問題ありません。決して外すことなく身に着けて下さるよう、皆さんにお願いして下さい」

編み上がった細い紐を、エウロラがハカムへと示す。腕を出すよう頼むと、ハカムは懼れることなく左腕を預けてくれた。

「…本当に、私にまで分けて下さるので？」

唸るように問われ、深く頷く。

「身に着けていただく場所は、指でなくとも構いません。ただ必ず、肌に触れるようお持ち下さい。目に映る場所か、心臓に近い場所、体温が高い場所がよいと思います」

指輪と呼ぶには、細い紐だ。頼りなく思えるそれを、エウロラはすらりとしたハカムの薬指へと巻きつけた。

「万が一にも失わないよう、御髪の上に銀の指輪を重ねてもよいでしょうか？」

「勿論です。ただ気をつけていただきたいのは、これを煎じたり、飲み込んだりはなさらないで欲しいのです。ご存知かと思いますが、聖女の血と同じとお考え下さい。身の内に取り込むと元素が乱れ、全身の血が沸騰すると言われています」

「……効きそうでございますね」

聖女の肉体は、神聖であるが故に扱いを誤れば禍をもたらす。それは古くから、言い伝えられてきたことだ。ごくりと喉を鳴らしたハカムが、薬指に絡んだ髪へと触れる。

「実際に血が沸騰するか、確かめようとするのは賢明ではありません。たとえ迷信であったとしても、避けていただくのがよいかと思います。…もっと確実な効能などを申し上げられればいいのですが、何分こうしたものを用意するのは初めてで」

どんな些細なものであれ、聖女の欠片を他者に与えることは固く禁じられてきた。

神託は言うに及ばず、髪の一筋に至るまで、この身はエウロラのものであってそうではない。故国においては神殿の、そしてゴールス国にあってはミシュアル王の持ち物としてエウロラは生きてきた。彼らが他者と、所有物を共有することはあり得ない。たとえそれが、エウロラ自身とであったとしてもだ。

尤も髪を自由にできたところで、あの頃の自分が指輪を編もうと思ったかは疑わしい。そんなものを与えたいと願った相手など、今まで誰もいなかったのだ。

「…お許し下さい、エウロラ様」

「強く、結びすぎましたか？」

低い声を絞られ、エウロラが瞬く。薬指へと触れると、ハカムが苦く眉間を歪めた。

「金貨四枚でどうかなど、浅はかなことを申しました。金銭のために毟り取られたなら、御身がいくつあっても足りるものではないのに」

聖女を我が物としたいと願うのは、なにもミシュアル王だけではない。言ってしまえば、聖婚などその最たるものだ。

たとえ一部であろうとも、聖女を手に入れることができるなら金塊を積んでも惜しくはない。そう熱望する者にとって、この指輪がどんな意味を持つのか。あるいは、金に目が眩んだ者たちに、エウロラの肉体がどう映るのか。血が毒になるとでも言われなければ、聖女など瞬く間に爪の一枚も残すことなくこの世から消え失せるだろう。

「…そう、ですね」

長い睫を伏せ、エウロラが編み上げた髪たちを手に取る。艶やかなそれらを、白い指がそっと確かめた。

「金貨四枚どころでなく十枚と、そうおっしゃっていただけるものが編めるよう努めるべきでした。それでも初めて編んだものですから、金貨四枚も破格のお申し出と心得ています。次はもう少し上手く編めるよう頑張りますから、不格好なのには目を瞑って下さるよう、ハカムさんから隊の皆さんをご説得いただけますか」

「エウロラ様…」

上手い冗談だとは、全く思わない。それでも、にこりと笑ったエウロラの意図は伝わったのだろう。唇を噛んだハカムが、髪を巻きつけた手を強く握った。

「必ず、大切にさせていただきます。…ラシード様にも、同じものを？」

王の指にも、同じ指輪を巻いてやるのか。そう尋ねたハカムに、エウロラは首を横に振った。

「…いえ、ラシード様にはご用意していないのです」

「千里眼を持たない私にも、嫉妬の刃で副長の指が切り落とされる光景が見えました」

エウロラの髪を、自分だけが分け与えられなかった。その事実を知れば、王は迷わず兵の指を切り落とすのではないか。真顔で告げられ、エウロラは暁色の目を瞬かせた。

「なんという凶兆。困りましたね、ラシード様には別のものをご用意させていただいてはいるのですが…」

「それならば安心です。水の道に至る前に、兵たちが数を減らす事態は避けたいところですから」

「…そうとはいえ、正直に申し上げれば、ラシード様にお受け取りいただけるかは、自信がありません」

この身へと、あたたかなものを差し出してくれたのは兵士たちだけではない。ラシードこそが、エウロラをあの賑やかな席へと連れ出してくれた。

王には、そうしなければいけない理由など一つもない。聖女殿を箱に入れ、必要な時に必要な分だけを取り出せと言うのか。過日、ラシードはそう言って呆れてみせた。

だが、実際そうではないのか。

ラシードはエウロラの全てを、そして一部を、好きなだけ自由にすることができる。それでいて感謝を口にすることも、機嫌を取る必要もないのだ。

それにも拘らず、王はエウロラをあの中庭に連れ出してくれた。死地へ向かう者たちにとって、あれは束の間の、そして特別な宴席だ。そんな場所に、ラシードはエウロラのための座を用意してくれた。

思い出すたびに、苦さとあたたかさとが喉を焼く。応えたいと、そう思った。

ラシードが、兵士たちが、エウロラを、なにより聖女を必要とするならば、持てるものの全てで応えたいとそう思った。

それがどれほど愚かで、危険な望みかは分かっている。そうだとしても、胸に芽生えた希求を摘み取ることは難しかった。

「なにをおっしゃるのです。エウロラ様がお贈り下さるものならなんであれ、王はお喜びになるでしょう」

「そうだと…、よいのですが」

だが本音を言えば、喜んでもらえるとはまるで思えない。エウロラがそれを差し出した時、王はどんな顔をするのか。拒まれるか、悪くすればこの首が飛んでも不思議はなかった。それでも、試みる価値はあるのではないか。声に滲む苦さを、無視できなかったのだろう。ハカムが、自らの顎へと手を当てた。

「驚きです。聖女様の千里眼を以てしても、お視えにならないものがあるとは」

しかも、あれほど明々白々なものが。

呻きは、皮肉とは違う。心底不思議そうな様子で、ハカムが己の顎先を指で辿った。

「確かに我が王の口の悪さときたら、戦場はともかく王宮でのお暮らしが心配になるほど。その上、幽精さえふるえ上がるほど目つきが悪く、冗談が冗談に聞こえないあの面構え。歯に衣《きぬ》を着せない物言いどころか、そもそも着せる気がないのだから始末に悪い」

「ハカム様…」

自分で挙げておきながら、その誇張のなさに呆れたのか。眉間の皺を深くしたハカムが、苦い息をこぼした。

「どう取り繕っても、分かりやすいお方とは申し上げられません。…いえ、ご当人はご自身が分かりやすい男だと思い上がっておいでなのも厄介なところですが。とにかく、千里眼などなくとも、明らかなことは多々ございます」

たとえば、と言葉を継いだハカムが、卓へと形のよい肘を置く。

「たとえばこの何日かで、私は思いも寄らないものを度々目にしました。一つは、いかなる思惑があったにせよ、あのお方が聖女なる者を生かして隊に迎えたこと」

涼しげなハカムの声音は、それ自体がよく切れる刃物のようだ。

ハカムが言う通り、初めてラシードに引き合わされた夜に、この首が飛んでいた可能性は十分にある。だが王は、どんな気紛れからにせよエウロラの望みを受け入れたのだ。

「もう一つは、聖婚などというものをあれほど嫌っておられた王が、望んで聖女を娶られたこと。……尤もこれに関しては、お相手がエウロラ様であれば致し方ないことでしょう。むしろ王が聖女様の神託をお信じになった、その事実を前にすれば取るに足らない些末事とすら言えます」

つくづく、俺は占術師という輩と相性が悪い。野営地の寝台で、ラシードはそう笑った。

占術師が王にもたらしたものを思えば、到底笑えることではない。ラシードが歩む道に、彼らがどれほどの血と苦痛を注ぎ足したことか。彼こそが呪われし繁栄の王だと占術師が告げなければ、結果として同じ王位に辿り着いたとしても、その道程は全く違ったものであったはずだ。

運命の代弁者を気取る者たちを憎み、王がその首を一つ残らず刎ねたとしても非難はできない。そうであるにも拘らず、ラシードはエウロラの神託を信じた。王をよく知る者であればあるほど、その事実を驚かずにはいられないのだろう。

「そして私が特に驚かされたのは、昨日です。エウロラ様を抱えて、賽子に興じられる王……。初めて知りました。ラシード様が、あれほど楽しそうに笑うことができるお方なのだと」

「あれは……」

笑って、いた。

確かにラシードは、この中庭で笑っていた。

ぴんと背筋を伸ばし、行儀よく膝に乗るエウロラがおかしかったのか。あるいはその口元に肉や果物を運ぶたび、賽子と盃の動きに気を配りながらも律儀《りちぎ》に咀嚼する様子が面白かったのかもしれない。好き勝手に予想を叫び、声援を飛ばす兵士たちに囲まれて、ラシードもまた声を上げて笑っていた。

「楽しませていただいたのは、王ではなく私の方です」

「エウロラ様が楽しんで下さったからこそ、王もあんなお顔ができたのかもしれません。いずれにせよ、その王がエウロラ様よりなにかを贈られ、喜ばない道理があるとお思いで？」

首を傾げられ、返答に迷う。

兵士たちが笑う顔を久し振りに見たと、昨日ラシードはそう言った。それこそが、王自身に笑みをもたらしたのではないか。エウロラが声にするより先に、ハカムがすらりと席を立った。

「では、参りましょう」

「え？」

どこへ。瞬いたエウロラへと、ハカムがしなやかな手を差し出す。

「些か癪《しゃく》ではありますが、我が王を喜ばせに」

王の元を、訪ねようと言うのか。今、これから。立ち上がるよう促され、エウロラは思わず首を横に振った。

「ラシード様はお出かけだと」

「つい先程、お戻りになられたようです」

中庭を囲む形で建つ宿の一角を、ハカムが振り返る。昨日の賑やかさが幻であったかのように、今日は皆が忙しく立ち働いていた。ラシードも、例外ではない。隊の者の半数が早朝から足音を殺して街へと散り、王もまた宿を空けているはずだった。

「戻られたとはいえ、きっとお忙しいことでしょう。後ほど、お手隙の折があれば…」

「それです」

明日を迎える前に、ラシードに受け取ってほしいものがある。それは確かだが、自分から訪ねてまで時間を割かせてよいものか。躊躇したエウロラを、ハカムが人差し指で示した。

「エウロラ様はもう少し、王にとってのあなたの価値を理解されるべきです」

聖女をまやかしと断じてきた男にとって、この身の価値とはなにか。薄い唇を引き結んだエウロラの手を、ハカムが掬った。

「取り敢えず、王が泣いてお喜びになるお姿を見れば、多少はご納得いただけるでしょう」

「な、泣くだなどと…」

「信用できませんか？　賭けてもよいのですが」

それは、この隊における常套句なのだろう。にこりと笑われ、エウロラは暁色の双眸を瞠った。

「……本当に、お賭けになるのですか？」

この、私を相手に。

昨日、エウロラが賽子を前にどれほどの才覚を発揮したのか。ハカムは十分、目にしたはずだ。それにも拘らず、賭け事で挑もうと言うのか。

まさかエウロラが、そんな挑発で返すとは予想していなかったのだろう。今度はハカムこそが、切れ長の双眸を見開いた。

「勿論でございます。万一の場合は、殴ってでも泣かせます故」

お任せ下さい。笑みを深くしたハカムの、その冷淡さがおかしくて、エウロラはちいさく吹き出した。

「そうであれば、私も賭けてみたいと思います」

正直を言えば、勝算があるとは思えない。

信用できないか、とハカムは尋ねた。いや、信用ならしている。たとえ涙をこぼさなかったとしても、王の、そしてハカムの信義を疑う気持ちはない。

信じられないものがあるとすれば、それはただ一つだけだ。だがそんなことは、今更だろう。

そうだ。最初から、分かりきっている。

声を嗄らして責める余裕も、嘆く余地もない。感傷に浸るくらいなら、やるべきことが他にあるはずだ。

明日を、どう乗り越えるか。聖女として、いかにして王とその兵を助けるのか。今、自分が全力を傾けるべきはそれだけだ。

「王」

足を止めたハカムが、声を上げる。視線を振り向けると、二階に巡らされた回廊に大柄な影が見えた。

ラシード様、と、声にしようとして、エウロラが唇をふるわせる。

薄い肩から、する、と一房、暁色の髪が流れた。

まるで、蛇だ。

兆は、時に明瞭で打ち消しがたい。一滴のしたたりによって、水面に波紋が生まれるように。

蛇の幻視が木洩《こも》れ日を呑み込んで、二重写しの世界が滲んで捩れる。だが囁き合い、静寂を深くする視界のなかでさえ、揺らぐことのないものがあった。

燦然と輝く、稀有な黄金。

どんな託宣よりも鮮やかに、それはこの目を焼きつくす。露台に立つ王を見上げ、エウロラは静かに微笑んだ。


「お待ち下さい。急にどうされたのです、バッハール様」

中庭から続く階段に、固い響きが落ちる。前を行くバッハールが、ハカムの呼びかけに重たげな足を止めた。

「お客人が、おいでなのです」

それは、ハカムへと向けられたものではない。眉間に皺を刻んだ副長が、後に続くエウロラへと低く告げた。

王が、お呼びです。

中庭で指輪を編んでいたエウロラを、バッハールが迎えに来たのはつい今し方のことだ。髭に埋もれた副長の口元は、真一文字に引き結ばれている。いつもの陽気さを欠いたその様子に、ハカムが真っ先に眉を引き上げた。

「どなたです。…まさか、エウロラ様をお訪ねに…？」

ハカム自身は、王に同伴を求められたわけではない。だが副長の様子から、なにかを察したのだろう。了解を求めることもなく、ハカムもまたエウロラと共に階段を上がった。

「…エウロラ様に、お心当たりはございますか？」

バッハールに尋ねられ、エウロラが首を横に振る。

「いえ。…ですが王がそれをご希望であるならば、どなたであれお会いいたします」

エウロラがこの商隊に加わっていることを、知る者は限られている。当然エウロラ自身の口から、誰かにそれを伝えたこともなかった。人目を避けるため、ヴェールを被ってすごすことも多いのだ。

そんな自分を、一体誰が訪ねて来るというのか。

「…それでは、どうぞこちらに」

深く頭を下げたバッハールが、古びた扉を開く。

そこは以前、裕福な商人が宿泊するための客室だったのだろう。厚みのある絨毯《じゅうたん》が敷かれた部屋に、だが今は家具と呼べるものは少ない。寝台代わりの長椅子が辛うじて残る他には、古びた椅子と木箱とが積まれているだけだ。

がらんとした部屋の窓辺に、黒々とした影が落ちている。椅子に座ることなく、ラシードが幅広に取られた窓辺へと腰を下ろしていた。

「お呼びでございますか」

「お喜び下さい、聖女様。あなた様に、客人をお連れしました」

応えたのは、マタルだ。過日エウロラを魔女と罵り、剣を向けた青年が進み出る。その目には、笑う口元とは対照的にあの夜と同じ憎しみの色が滲んでいた。

「私にでございますか？」

初めて聞きでもしたかのように、エウロラが視線を巡らせる。

捜すまでもなく、マタルの背後に痩せた影が見えた。

擦り切れた布を体に巻きつけた、老人だ。足が悪いのか、あるいは背中を痛めているのかもしれない。大きく体を傾がせた男が、マタルを押し退けるように前へと進んだ。

「あ…、あぁ…、暁の…乙女…」

絞り出すような声が、老人の唇からこぼれる。汚れた外套の奥から覗いたその容貌に、エウロラは暁色の目を瞬かせた。

「イヴァロシオ様…」

深い栗色の目には、見覚えがある。故国ヒィズドメリアにおいて、同じ神殿に仕えていた神官の一人だ。

最後に会ったのは、いつだったか。エウロラが知るイヴァロシオは、常に清らかな衣を纏い、真っ直ぐに背筋を伸ばして立っていた。だが今目の前にいる男は、記憶にあるものより倍ほども老け込んで見える。

どれほどの苦難の道を、歩んできたのか。大きく腰が曲がったその姿は、まるで別人のように痩せていた。

「やはり聖女様に間違いない。マタルよ、儂が言った通り、杞憂だっただろう？　エウロラ様は確かに…」

「どうなっているのですか、これは」

安堵の息をもらした副長へと、ハカムが慎重に口を挟む。短い舌打ちを返したのは、マタルだ。

「ハカム殿は口を閉じておられよ。聖女様に、少々お答えいただきたいことがあるだけだ」

「マタル、もうよさないか。疑いは晴れただろう。イヴァロシオ様は確かに聖女様であると、その目で確かめられた。エウロラ様も…」

エウロラもまた、イヴァロシオが何者であるか一目で理解した。そう示そうとした副長を、イヴァロシオが杖《つえ》に縋る体で押し退けた。

「…おぉ、エウロ…」

ふらつく足で、神官がエウロラへと進み寄る。言葉よりも雄弁に、栗色の目が涙にぬれて輝いた。

「お久し振りでございます、イヴァロシオ様」

「エ…」

どっと、イヴァロシオの双眸から涙があふれる。随喜《ずいき》の涙だ。嗚咽をこぼし、イヴァロシオがふるえる両手を差し伸ばした。

「あ、あぁ…、エウロラ様…、我らが乙女…、まさか…、まさか…」

痩せ衰えた指が、エウロラへと取り縋る。

イヴァロシオの右手が、愛おしげに暁色の髪を掻き上げた。だが髪先へと接吻しようとして、我に返ったのか。指へと絡めた髪を、ぐ、と神官が摑んだのだ。

「っ…」

容赦のないその力に、エウロラの唇から声がもれる。

なにが、起きたのか。すぐにはハカムも、判断できなかったのだろう。ぎょっとしたように、バッハールが神官を取り押さえた。

「な…、イヴァロシオ殿、いかがされた。お力を加減…」

「魔物めッ！」

怒号が、痩軀を撲つ。

暁色の髪をぎりぎりと鷲摑み、イヴァロシオが叫んだ。

「魔物めッ…!!　悪しき、幽精…！　よくも…！」

その眼光に、先程までの喜びはない。

唾を飛ばし指弾するイヴァロシオの形相こそが、悪鬼のそれではないのか。眦を吊り上げたイヴァロシオが、尚も強く暁色の髪を引いた。

ぶちり、と鈍い音を聞いた気がして、エウロラが呻く。

「お、おやめ下さい、イヴァロシオ殿！　聖女様になにを…」

「違う！」

気でもふれたか。バッハールが慌てて神官の腕を掴み、喚く体を引き剥がす。ハカムに取り押さえられても尚、イヴァロシオが叫んだ。

「それは、聖女などではない！」

瘦せて曲がった指で、イヴァロシオがエウロラを指す。マタルだけが、イヴァロシオを止めることなく頷いた。

「一体…。イヴァロシオ殿、あなたもこのお方を暁の乙女と、そう呼ばれたではないか。それがどうして」

当惑するバッハールの腕を、神官が振り払う。涙にぬれた栗色の目が、今は怒りを映してエウロラを睨めつけた。

「同じ顔だが、此奴は違う…！　此奴はエウロラ様では…、我らが乙女ではない」

「そうであれば、誰だ？」

低く落とされた声に、息を呑む音が重なる。窓枠に背中を預けていたラシードが、のそりとその体を引き起こした。

「王がおっしゃる通りだ。聖女様、貴様は何者だ」

エウロラが口を開くより先に、マタルが声を上げる。ハカムの腕から逃れようと暴れるイヴァロシオを、マタルが改めて視線で示した。

「蛇の…、協力者の元で、ヒィズドメリア国の神官だったというイヴァロシオ様にお会いできたのはまさに神の助け。イヴァロシオ神官様の話を聞き、最初は耳を疑いました」

　昨日マタルは、この街に潜む協力者の元を訪ねていた。そこでイヴァロシオに引き合わされ、同郷であるエウロラの存在が話題に上ったということか。いや、エウロラに対する疑念を捨てきれず、マタルが丹念に情報を収集し続けたその成果なのだろう。

「ミシュアル王の元から聖女が去った、という噂は一向に伝わってこない…。だが実際、ミシュアル王の元に託宣を弄する魔女はもういない。何故なら暁の髪を持つ魔女は、今は我が王の閨《ねや》にもぐり込んでいるのですから。…しかし、そう伝えた時のイヴァロシオ様の顔」

　思い出したように、マタルが口元を歪める。その声が聞こえているのかいないのか、神官が頷きもせずエウロラを凝視した。

「…イヴァロシオ様はこうおっしゃった。暁の聖女は貴い場所にありて触れがたき者。自らの足で歩き、舌と言葉を用いて託宣を弄する者は聖女にあらず。それは国を滅ぼす悪しき幽精…、聖女の顔を借りた黒い魔物なり、と」

　魔物。

　その響きは石よりも固く、エウロラを撲つ。だが睫一つ揺らすことなく、エウロラはマタルを見返した。

「弁明があるなら聞かせてもらおうではないか、聖女様。貴様は誰の命《めい》で、今ここにいるのか」

　マタルの叱責に、副長が割って入ろうとするのが分かる。それを視線で制し、エウロラはゆっくりと男たちを見回した。

「マタル様のご懸念は、尤もなものと存じます。…我が故国、ヒィズドメリアの王都にミシュアル王の軍が迫った折、神殿では聖女をどう取り扱うか協議が行われました。勇敢な者は聖女と共に最後までミシュアル王の野望に抗うべきだと訴え、またある者はミシュアル王の手に落ちることがないよう、聖女を殺すべきだと叫びました」

神殿に響き渡った怒号と、嗚咽。目を閉じて、思い出すまでもない。あの日の動乱を、エウロラはもう何度も繰り返し目にしてきた。実際にあれが起こる、ずっと以前から。

「より利口な者たちは、聖女をミシュアル王に差し出し、ヒィズドメリア国の…いえ、己が命を請《こ》おうと画策しました。覚えておいででしょう、イヴァロシオ様。ご自身がそうした者たちの一人だったことを」

「違…！　私は民を思って…！」

目を剝いたイヴァロシオが、大きく身を乗り出す。それに頷くこともせず、ですが、とエウロラは言葉を継いだ。

「ですが残念なことに、ミシュアル王は取り引きには応じなかった。そうする必要もなく、ヒィズドメリアの王城を、そして神殿を蹂躙《じゅうりん》し、巫女を連れ去ったのです。聖女を差し出そうとした神官たちは、苦役に取られたと聞きました。イヴァロシオ様がどんな手段でそこから逃れ、この街にまで辿り着いたのか…。マタル様はそれをご存知なのでしょうか」

顔色を変えたのは、イヴァロシオだけではない。マタルもまた、顔色をなくして王を見た。

「世迷い言を…！　そんな話、信じられるか。もし事実だったとしてもお前は…」

「イヴァロシオ様は故国においては聖女を、ミシュアル王の採掘場においては同胞を売り、命を繋いでこられたお方。ご自身の利になるのであれば、私を魔物とも呼ぶでしょう」

まさかエウロラが、真正面から自分を批難するとは思ってもみなかったのだろう。イヴァロシオが、青褪めた唇を戦慄《わなな》かせた。

「黙れッ！　なにを…、なにを言うか！　ヒィズドメリアを滅ぼした魔物の分際でッ！　誰のお蔭でこれまで…」

痩せた腕のどこに、そんな力があったのか。ハカムを突き飛ばしたイヴァロシオが、手にした杖を振り上げる。力任せに叩きつけられたそれを、エウロラは避けようとはしなかった。

「…っ」

ごつりと、鈍い音が響く。だが、エウロラを襲う痛みはない。臆さず立つエウロラの眼前で、ラシードが神官の腕を摑み上げていた。

「王…」

副長が、安堵の声をもらす。それを振り返ることもせず、黄金色の双眸がエウロラを見下ろした。

「エウロラに問う」

頭上から降る声は、身を打ち据える雷に等しい。ぎりりと、王が摑んだイヴァロシオの腕を捻り上げた。

「お前の真実はどうだ。こいつではなく、お前自身の」

悲鳴を上げるイヴァロシオを、王の眼は見てさえいない。逸らすことなく尋ねられ、エウロラは一度だけ瞬いた。

「…残念ながら、イヴァロシオ様の言葉と同じく、私自身の言葉もまた全てが真実とは申し上げられません」

事実だ、と。全てが曇りなき真実であると、そう訴えればラシードは信じてくれただろうか。少なくともバッハールは、そしてハカムは、エウロラがそう主張することを期待してくれたはずだ。だが彼らの落胆を理解した上でも、エウロラはゆっくりと首を横に振った。

「ッ！　そら見ろ！　この通り、そやつは…」

悪しき幽精だと叫んだイヴァロシオを、ラシードが眼球の動きだけで見下ろす。黄金色の双眸に睨めつけられ、ひ、と神官が声を上げた。

「ことが全て終わるまで、この者は鍵のかかる場所に入れ外に出すな。隊の者にも、決して会わせないようにしろ」

摑んでいた神官の体を、ラシードがハカムへと引き渡す。何故、自分が拘束されようとしているのか。驚き、抗議の声を上げた神官の前に、マタルが進み出た。

「お待ち下さい、王！　何故イヴァロシオ様を隔離する必要があるのです。聖女の真実を、隊の者たちに知らせないおつもりですか？」

エウロラは、暁の聖女などではない。それどころかヒィズドメリア国に破滅をもたらした魔物だと、隊の者たちに教えてやるべきだ。そう訴えたマタルにさえも、ラシードは部屋を出るよう顎で示した。

「計画を変えるつもりはない。元よりこちらに聖女があることを前提とした企てではないのだしな。

ただ無用に騒ぎを広げ、兵に動揺を与える利点もない」

きっぱりと告げた王に、マタルが尚も抗議しようとする。それを制し、副長がマタルの腕を引いた。

当然、バッハールにも思うところはあったはずだ。だが忠実な副長は口を挟むことなく、抗うマタルを扉の外へと促した。

「イヴァロシオ殿を部屋にお送りしたら、すぐに戻って…」

「その必要はない。予定通りに準備を進めろ」

このままエウロラの身柄を、ラシードに預けてよいものか。情に厚い副長は、気にかけてくれたのだろう。だが取りつく島のない王を振り返り、ハカムがバッハールの背を押した。

がたりと、重い音を立てて扉が閉じる。沈黙が胸を圧したが、それを振り払おうとは思わなかった。

そうできるだけの言葉など、自分にはないのだ。

「名は？」

王が、問う。

声は明瞭に届いたが、咄嗟にはその意味を判じることができなかった。

「…名？」

「そうだ。お前の名は」

それは騎馬の民から譲り渡された夜、ラシードに尋ねられたものと同じ問いだ。あの夜も、まさか名を尋ねられるとは思ってもいなかった。

「ぁ…」

なんと、答えるべきか。躊躇することは得策でないと、分かっている。それでもすぐには答えられず、エウロラは長い睫を伏せた。

「…エウロラ」

あの夜と、同じだ。

それ以外に、答えられる名はない。だがそんなものは、当然ラシードの納得ゆく答えではなかったのだろう。表情を違えないまま、男がゆっくりと床を踏んだ。

「お前が言う通り、イヴァロシオは相応の苦労をして生き残ってきたのだろうな」

ヒィズドメリア国において、神殿に仕えることは栄誉とされた。神官にまで上り詰め、王家の巫女たちが暮らす神殿深くへの出入りを許されていたイヴァロシオは、おそらくそれなりの出自であったはずだ。そんな男が苦役に取られた後、どんな手段でそこを脱し、この街に至るまでを生き延びたのか。具《つぶさ》に語られなくとも、想像することは容易かった。

「俺やお前が、今ここにこうしているのと同じように」

ラシードの、言葉の通りだ。イヴァロシオが逃げ延びた道には、同胞の亡骸が積み上がっていたに違いない。それを踏みつけてここに至ったのは、エウロラもまた同じだった。

「俺はそんなものに、興味はないがな。生き延びるためには、誰だろうとなんだってする」

だが、と言葉を継いだ男が、窓枠へと腰を下ろす。真昼の陽光を背中に受け、頑健な体躯がより黒く濃い影を纏った。

「だが、お前が何者で、何故俺の前にいるのか、そいつには興味がある」

なあ、エ、ウ、ロ、ラ。

響きのよい声で呼びかけられ、ぐら、と足元が揺らぎそうになる。男の眼光に気圧されるまま、この場でただ平伏してしまえれば楽なのか。衝動が胸に湧いたが、エウロラは一歩、進み出た。

厚い絨毯が、足音を殺す。古びたそれを踏んで、エウロラは王の膝先へと跪《ひざまず》いた。

「…我が名は、エウロラと申します。今はなきヒィズドメリアの王家に連なり、聖泉の神殿に仕えし千里眼の巫女にてございます」

繰り返した言葉に、やはり男は眉一筋動かしはしない。代わりに大きな右手が、エウロラの顎へと伸びた。

「っ…」

「それだけが、お前の全てではないのだろう？」

エウロラの、全て。

そもそも、この身とはなんであるのか。

それを、どう言葉にすればいいのか。

突きつけられた問いに正しく応える術が見つけられず、エウロラは暁色の髪に触れた。

「エ…」

指に力を込めた動きを、見逃さなかったのだろう。厳つい手が、エウロラの手首を摑んだ。

躊躇が、胸に生まれる。だが、それではいけない。迷いを振り切るよう髪へと指をぐらせると、ぶつ、と嫌な音が鳴った。

細い糸が、ちぎれる音だ。

「っぁ…」

もしこの場に副長が立ち会っていたなら、驚きに声を上げていたに違いない。

ずる、と音を立てて、暁色の髪が抜け落ちる。いや、それは実際にエウロラの頭髪であったわけではない。最上の職人によって整えられ、頭皮に縫い止められていた義髪だ。

毟られた暁の下から、夜がこぼれる。

幽精の手で磨き上げられた、曇りなき黒曜石。あるいは、純粋な闇か。肩を越えて伸びた黒髪が、薄い背中へと落ちた。

「…無茶をする」

咎めた男が、深い皺を眉間に刻んだ。節の高い指が、傷を確かめる動きで頭皮へと触れる。

「ぁ…」

王の指に、血を着けてはいけない。

思わず首を振ろうとしたが、強い手がそれを許さなかった。

「…私、は…、いえ、僕は、夜明けから最も遠き者」

暁は、祝福の色だ。だがその輝きは、エウロラからはあまりにも遠い。

呻いた顔貌ごと視線を引き上げられ、黒髪が肩からこぼれた。

「茜の色、か」

覗き込む男の呟きがなにを意味するかは、問うまでもない。

暁色の髪、朝焼けの瞳。皆が熱狂する聖女の面影など、この身にはないのだ。

「…僕は、ヒィズドメリアの神殿の巫女以外の何者であったこともありません」

ですが、と続けた言葉が、掠れる。喘いだ薄い肩を、厳つい手が確かめるように辿った。

「ですが…、イヴァロシオ様がおっしゃる通り、暁の聖女でもございません」

イヴァロシオの訴えは、正しい。エウロラは神殿に仕える身ではあったが、聖女などではなかった。

その名に相応しい者は、この世にただ一人しかいないのだ。

「真《まこと》の聖女は、姉です。僕と共に生まれた…」

産声を上げるずっと前から、共にあったエウロラの半身。

寸分違わない血と肉でできた、しかし比するべくもない至高なる者。この身を愛し、護り、あたためてくれた唯一の存在こそが、真実の聖女だった。

「双子か」

イヴァロシオから、ラシードはどの程度の話を聞かされているのか。純粋な義憤《ぎふん》のためだけに、神官がエウロラの面通しに出向いてきたとは思わない。勿論、怒りもあるだろう。だがそれ以上に、見返りが目的だったはずだ。そうであれば知り得る事柄の全てを、イヴァロシオが一息に吐き出しているとは思えなかった。

「イヴァロシオ様より、どうお聞き及びかは分かりません。ですが姉は…」

「まだ、ミシュアル王の元にいるのか」

本当に、勘のよい男だ。迷いのないラシードの言葉に、エウロラは静かに頷いた。

「そいつは、俺にとって朗報とは言い難いな」

項垂れた白い顎先を追うように、男の指が鎖骨へとすべる。頑丈な膝の間に膝をつき、身を差し出すに等しい姿勢だ。あるいは主の足の間に蹲る、猟犬か。

大きく身を屈めた男が、エウロラの旋毛《つむじ》へと顔を寄せてくる。傷口を覗き込み、触れようというのか。ぎょっとして、エウロラは大きく身をもがかせた。

「お、お待ち下さい。聖女ではないとはいえ、僕の血は…」

僕の、血は。

続く言葉を、声にできない。だがその一言を吐き出す勇気があれば、あるいはなにかを変えられるのか。

いや、分からない。きつく強張ったエウロラの首筋を、大きな掌がさすった。

「痛むだろう」

「…っ、そんなことよりも、お聞き下さい…。おっしゃる通り、これは朗報と呼べるものはありません。しかし…」

マタルが忌み嫌うように、暁の聖女の存在はミシュアル王に敵対する者にとって大きな脅威だ。それがいまだ、かの王の手元にある。その事実を、ラシードが喜べないのは当然のことだ。

「違う。俺にとっての悪い報せは、聖女がミシュアル王の元にいることではない」

たとえ聖女がミシュアル王の手元に残っていようとも、状況は以前とは異なっている。そう訴えようとしたエウロラの胸元から、男が一つ釦を毟った。

「ぁ…、なにが…」

厚い爪を持つ指の背が、胸の中心に触れる。ぞわりと薄い下腹がへこんで、エウロラは思わず息を詰めた。

手を摑んで、押し留めてしまいたい。だが見下ろす男の眼光が、それを許さなかった。迷いなく動いた指先が臍へと届き、んぁ、とちいさな声がこぼれる。

「お前の目的は最初から一つだけだったと、そいつがよく分かったという意味だ」

その声には、いくらか苦さが混じっていただろうか。皮肉とは、違う。下腹までの釦を外されると、陽光の下に白い肌がこぼれた。

「…ぁ、目的、などと…」

「お前は、運よく騎馬の民に拾われたわけではあるまい？」

ぞわりと、背筋が冷える。ふるえてしまいそうな瞼を、エウロラは瞬きの動き一つで押し殺した。

感情を、露わにしないこと。

動揺を呑み込み、胸の内を秘匿することは、この身に馴染んだ防衛術の一つだ。それでも中心に夜闇を宿す眼光で見下ろされると、首筋の産毛が逆立つのが分かった。

「お前を拾った騎馬の民が俺の協力者だったことも、彼らがお前を俺への貢ぎ物にしようと思いついたのも、偶然ではない」

古い傷痕を残す右手が、長衣の内側へと深くもぐる。肉づきを確かめるように脇腹をさすられ、ぞわりと薄い皮膚に鳥肌が立った。

「それ、は…」

「そもそもお前は、運悪く砂嵐に見舞われ、神殿に閉じ込められたのではない。違うか？」

否とは、応えられない。確信を込めた男が、誘うように左の乳首を引っ掻いた。

「うん…」

「侍女の病は、予想外のものだったのかもしれない。だが警護の兵を追い払った上で、あの神殿に残る…。それが最初からお前の狙いだったとしても、驚きはない」

始まりは、テティの丘を見舞った砂嵐だ。

神の怒りそのものの砂塵《さじん》が、太陽までも不吉に覆う。砂の礫《つぶて》が体を叩き、ミシュアル王の精鋭兵でさえ足を取られ命を落とした。

だがあれが、始まりでなかったとしたら。

全てはそんなものより先に、動き出していたとしたら、どうか。

「何故、そのようなご想像を」

喘いだ下腹へ、帯を毟った左手が伸びる。大きく開いた手で肋骨をさすられると、自分がいかに無防備なのかを嫌でも突きつけられた。

捧げられた、供物と同じだ。さりり、と淡い陰毛を指先に絡められ、恥ずかしさと同じだけの痺れが足裏を舐めた。

「ん、ぁく…」

「野営地を襲った者たちを、覚えているか？　まだ息のある連中がお前を見た、あの日」

荒野で見上げた月明かりが、瞼の裏を焼く。

ラシードが言う通り、血に塗れ転がる襲撃者のなかには、わずかだが息の残る者がいた。

「初めは、お前があの場にいたことに驚いているのかと思ったが。死に際に聖女を見る者の目にしては奇妙だと、そう感じた」

死に損ないと、ラシードを誹謗《ひぼう》する者もいる。だが死が犇《ひし》めく地獄において、王がこれまで命を拾ってきたことには理由があった。ただ禍々しいまでの強運によって、助けられてきたのではない。どんな場面においても、慎重に目を凝らすこと。疑い、考え続ける冷静さこそが、ラシードの生を繋いできたのだ。

「侍女たちは、お前を聖女と崇めている。だが護衛たちには、神殿を逃げ出すだけのなにかがあった」

「……気、づいた、からです…。彼らは、侍女の病が一向に治まらないことに…」

護衛たちが疫病を恐れ、逃げ出したのは本当のことだ。

だがそれは、神聖なはずの神殿にまで病魔が及んだ、その恐怖からではない。聖女と共にあるにも拘らず、侍女たちが次々と病魔に呑み込まれたそのためだ。

「ぁ…彼らは、怯え…、収まらない嵐のなかで、疑い始めた。…僕には、死病を治す力がないのでは、と」

ミシュアル王は、敵に死病を贈ることを好んだ。それに用いる死の泉を、王はどこかに隠し持っているのではないか。王城の奥に、あるいは古い神殿の地下に。

平素であれば、そんなものは一笑に付されるべき流言だ。だが太陽を隠す砂嵐に閉じ込められるうち、男たちは次第に冷静さを欠いていった。そして聖女への信望は、日に日に同じだけの疑心へと変わったのだ。

瘴気で満たされた死の泉は、このテティの神殿に眠っているのではないか。そこから死の影が這い出て、侍女たちに取り憑いたに違いない。そんな場所に、自分たちは病を治すこともできないなにかと閉じ込められている。恐怖に我を忘れた護衛たちは、エウロラと病から逃れるために、嵐のなかへと飛び出して行った。

「治す力がない？　だが侍女たちは…」

ラシードが訝るのも、無理はない。

同じ血と肉を分け合った姉とエウロラの、決定的な違いはなにか。それは聖女と呼ばれるに足る、最も輝かしい資質の有無だ。

「…ん、ぁ…あれは幸い、死病ではなかった…。ミシュアル王は、ヒィズドメリアから奪った姉を…、本物の聖女を、侍女たちの目からも隠しておりました」

未来を見通す、占術師。そして幽精の瘴気さえ消し去る、清浄なる力の主。ミシュアル王にとって、暁の聖女は箱に収めて独占すべき、特別な宝だった。

「姉の存在を…、僕が千里眼の巫女でしか、ないことを…、ミシュアル王は王宮内においてさえ、厳重に隠しました。その上で僕こそが、聖女として振る舞うように、と…」

ふるえた視線が、膝先に落ちた暁色の髪を撫でる。

艶やかなそれは、双子の姉の頭髪だ。清らかな聖女の髪を切り、ミシュアル王は見事な義髪に仕上げた。そして誰が見てもそうと分からないうつくしさで、エウロラの頭皮へと縫い止めさせたのだ。

「疑り深いミシュアルが、考えそうなことだな」

嗤が。

思いがけない口汚さで、ラシードが吐き捨てる。それに驚く間もなく、ぐ、と薄い腰を引き寄せられた。

「っあ…」

素肌を晒す痩軀が揺らいで、思わず目の前の膝へと縋る。逞しい腿を摑んで体を支えると、男の体温と肌の匂いとが近くなった。

「お前は嵐が来ることを知っていて、神殿に向かった。姉を一緒に連れ出せないどんな事情があったのかは知らん。彼女を見捨て、一人で逃げるつもりならそうする方法はいくらでもあっただろう」

だが、と唸った男が、無遠慮な手で尻の肉を摑む。尻臀《しりたぶ》であってさえ、十分とは言えないその厚みを確かめようというのか。ぎゅうっと指を立てて揉まれると、甘い痛みが食い込んだ。

「う、んあ…」

「だがお前は、俺の元へ来た。再び、ミシュアル王の懐に戻るために」

姉を取り戻すため、この俺の元へ。

耳の真上へと落ちた舌打ちは、鋭くも苦い。振り仰ごうとするのを許さず、がじ、と固い歯が左の耳殻を嚙った。

痛みよりも、痺れが勝る。散々撫で回されていた皮膚は、指が離れても十分に敏感だ。深く抱えられ熱い口で嚙られると、ぞわ、とぬれた性感が下腹に染みた。

「っく…」

「なんて奴だ」

緊張に冷えた耳が、気に入らなかったのか。あるいは頭皮の傷が、苦になるのか。一度顳顬を吸った唇が、複雑な形をした耳殻を深く含んだ。そうしながら尻の割れ目へと指を動かされると、腰が撥ねてしまう。

「ぁ、王…」

「占術の腕云々ではない」

吹きつけられる息は、エウロラのそれよりずっと熱い。唾液でぬれた耳穴を、獣じみた唸りが脅かした。

「お前が自分の千里眼を、どれほど頼みにしていようと構わん。だがお前自身が言ったように、そんなものは水に映った月や、風に吹かれる砂山のようなものだ」

常に明瞭な輪郭を欠き、見る者によって姿を変える。占術とは、多くの場合そうしたものだ。それを頼りに、エウロラは砂嵐のなかへ踏み出す覚悟を決めた。

「嵐に巻かれて死ぬか、疫病にかかって死ぬか…。騎馬の民が現れなければ神殿で飢え、そこから出れば荒れ地で迷う。狙い通り騎馬の民に拾われようと、彼らが無事生かしてくれるとは限らない」

なにより、と唸った男が、光る眼でエウロラを睨めつけた。

「なにより、この俺がお前の首を刎ねん補証がどこにある」

ほんの少し、なにかが違っていたら。ラシードの関心が、わずかでもエウロラから逸れていたら、最初の夜に首が飛んでいても不思議はなかった。否、ラシード自身、エウロラを生かそうとは最後まで考えていなかったに違いない。それはあまりにも、危うい偶然がもたらした結果にすぎなかった。

「それを承知で、お前は賭けに出た。姉のために」

命運は、覆しがたい。絶対的な定である月の満ち欠けを、止める術などないのだ。

だが月とは対照的に、それにかかる雲は風にすら揺らぐ。運命を掻い潜るための道を見出したとしても、それを行くのは雲を踏むのと同じことだ。死に肉薄するそこから、いつ墜落しても不思議はない。それは今この瞬間においても、同じことだ。

「マタルはいまだに、お前がミシュアル王の間者か、少なくとも俺の首を狙っているのではと疑っている」

「違…」

それは、間違いだ。首を横に振ろうとしたエウロラを抱え、太い指が尻の割れ目を動く。ぎょっとして身動ぐと、重く固い脇腹に額がこすれた。

「っや、あ…」

尾骨から、奥へと。ぞろ、と動いた指が、なにを探るのか。窄《すぼ》まろうとする穴を丸くくすぐられ、性器までもがひくりと揺れた。

「…ひぁ」

「そうだろうな。お前は俺の首になど興味はない。腹が立つほどにな。お前がほしかったのは、姉の救出に必要なミシュアル王を殺すための剣。ただそれだけだろう?」

妬ける話だ。

こぼされた舌打ちに、背筋が凍る。まさに、その通りだ。エウロラは、剣を欲した。

悶えた痩躯を掻き寄せ、男がやわらかな穴を指で圧す。

「んぁァ…、お連れ、下さい、僕を…」

許しを請うことさえ、厚顔《こうがん》な行いだ。たとえそうだとしても、身を投げ出して詫びる以外にない。

そうであるにも拘らず、自分の唇からこぼれたのは恥知らずな懇願だけだった。

ミシュアル王を殺すことができるのは、ラシードただ一人。

聖婚の閨で告げた言葉は、嘘ではない。ラシードだけが、それをなし得た。エウロラの助力を得た、呪われた王だけが。

「必ず、王のお役に…」

「それほどまでに大切か？　命も、体も投げ出すほど」

姉が。大切かと、そう問うのか。

問いかけの思いがけなさに、エウロラは茜色の双眸を瞬かせた。

「ぁ…」

大切だ。その答え以外に、なにがある。

彼女以上に大切なものなど、この世になにもない。なに、一つとして。

声にするまでもなく、エウロラの目に浮かんだ答えを読み取ったのだろう。額が触れるほどの距離で、ぎ、とラシードが並びのよい歯を剝いた。

「気に入らんな」

「っん、ひァ…」

ぐぷ、と音を立て、節の高い指が尻の穴に埋まる。思わず腰が引けるが、男の巨軀に縋るに等しい姿勢だ。身動ごうにも、ラシードの腿と胸板に体を押しつける結果にしかならない。あ、と声をもらしたエウロラを見下ろし、太い指が試すように肉の輪を拡げた。

「ァ、っは…」

「何故、お前だけが負う必要がある？　巫女だ聖女だと散々持て囃《はや》し、その恩恵に浴《よく》してきた奴らはどうした。イヴァロシオもそうだ。物陰からお前を詰《なじ》るだけで、自分たちはなにもしないつもりか」

狭い場所でそっと指を回され、舌のつけ根までもが痺れる。

苦しい。それは確かなのに、ぞわりと広がるなにかがある。腹の底を炙るそれは、聖女などという言葉からはかけ離れた性感だ。

「…ぁ、そんな、もの…」

「そんなもの？　許すとでも言うのか。さすがは聖女殿だな」

「違ぁ…」

数多の手が、清らかな乙女に縋る。それにも拘らず、何故誰も聖女を救おうとしないのか。そう唾《だ》棄《き》できるのは、ラシードが真っ当な男であるからだ。

エウロラがそうした現実を嘆かないのは、寛大だからではない。

聖女に群がる者は誰一人として、エウロラの世界には存在しないのだ。彼らになにかを期待したことなど、ない。その顔すら、エウロラの目には映っていなかった。

イヴァロシオに罵られ、摑みかかられてさえもそうだ。既知の神官の悪意ですら、この胸には爪で掻いたほどの痛みも残しはしなかった。

「姉の、ためです…」

その名を口にするだけで、冷たい憎悪に声がふるえる。唇を掌で覆うこともできず、エウロラは強く奥歯を噛み締めた。

「彼女の…力は、…あなたがお考えになるより、ずっと…、ずっと強い。そして姉が手元にある限り、ミシュアル王は…ぁ、足を止めない」

決して。

この大陸を、世界を呑み込み踏み潰すまで。

それは誇張ではない。ミシュアル王を知るラシードにも、そんなことは分かっているはずだ。だからこそ王冠を戴く男が、商隊に身を扮してまで自らこの地に至ったのだろう。

「させられ、ない…。そんなこと、姉に、そんな非道な片棒を…」

誰よりもやさしく、無垢な片割れ。悪心の欠片も持たない姉を、ミシュアル王は最もおぞましい欲望に用いようとしている。

許せるわけがない。善良な彼女を攫い、閉じ込め、その高潔さを蝕んできた男に、これ以上姉を汚させられなかった。

「…つくづく、度しがたいな」

獣じみた唸りは、誰に向けられたものか。突き放され、殴られることを覚悟して、エウロラは王の長衣を握り締めた。

「ぁ、お願い、です…。姉を、救わなければ…。僕を、お連れ下さい」

それだけが、望みだ。

我が身を聖女と偽り、ラシードを利用しようとした罪は贖えるものではない。許しを得られずとも、罰ならばいくらでも受ける覚悟がある。だが今はミシュアル王へ斬り込むラシードの傍らに、この身を加えてほしかった。

「断る」

額へと落とされた声音に、逡巡はない。きっぱりと断じた男が、ふるえる肩へと口づける。ぬぷ、と大きく指を進められ、圧迫感に声が出た。

「ァ…」

思いがけないほど深い場所にまで、指が届いてしまう。痛みよりも緊張に、心臓が苦しいくらい胸を叩いた。

「駄目、です…、僕を…」

連れて行かなければ、あなた方は。もがき、押し返そうとしたが、重い体軀は微動だにしない。昏く光る眼が、鼻梁がぶつかる距離でエウロラを見た。

「何故、駄目なんだ?」

問う声は、不気味なほど静まり返っている。罠だと理解しても、もう遅い。すでに一歩、自分は王の領域へと踏み出してしまっているのだ。

「何故、お前を連れて行かなければいけない？」

理由が、あるはずだ。ミシュアル王を討ち姉を救うために、エウロラの同行が不可欠だと言うなら
その理由はなにか。低く問われ、かち、奥歯が固い音を立てた。

「…っ…」

ラシードの剣は、間違いなくミシュアル王を討つ。だが呪われた王の力を以てしても、それは容易
なことではない。そんな王を助ける力が、聖女に劣りこそすれ自分にはあるからだ。

これまでと同じく、そう主張することが正しい。分かってはいたが、唇からこぼれたのはちいさな
呻きだった。

「真実を」

王たる者の声が、瞼を舐める。

だがそれは、命じるものではない。獣が鼻先で、触れるのと同じだ。そんなものに、突き崩されて
いいはずはない。分かっていても、唇がふるえた。

「……ぁ、…す…」

音にすると、いっそう冷たい痛みが肺を焼く。喉の奥がひりついて、エウロラは大きく息を吸り上
げた。

「死に…、ます。全員…」

例外は、ない。

それは月の満ち欠けと同じ、揺るぎない定だ。

実直で陽気な副長も、忠信に厚いマタルも、死病の手を逃れたハーリスも、皆が死ぬ。思いがけない器用さで音楽を奏で、あの中庭で声を上げて笑った男たちが、皆一人の例外なく、死に果てるのだ。

「…っ、ぁ僕を…、連れて、行かなければ…」

「ミシュアルを討つこともできず、皆死ぬと？」

唇に吹きかけられる声に、驚きはない。そうしようと思わなくても、エウロラは深く頷いていた。

「皆…」

死ぬ、と繰り返す代わりに、硬い腿に爪を立てる。

ふるえる唇の奥に、瞼の裏側に、慟哭を引き摺る残影があった。もっとずっと無惨な現実を、自分は数え切れないほど見てきたはずなのに。

酒盃を掲げ、大きく口を開けて笑ったいくつもの顔たち。エウロラに声援を送り、手を叩いて歌った男たちが、ある者は腹を裂かれ、ある者は鉄槌で頭を割られて床に転がる。

初めてその像を視た時、彼らには名前がなかった。だが今ならば槍に串刺しにされ、首を掻き切られた体が勇敢なバッハールのものであることが分かる。

「お前を連れて行けば、ミシュアルの首を取れるのか？」

冷徹な問いに、もう一度首肯で応える。迷う必要はない。そのために、エウロラはここにいるのだ。

「生き残る者は？」

ぎくりと、痩軀が強張る。

呪われし王。あらゆる惨禍と血の雨とが、ラシードの頭上に注ぐ。だが死は、常に王の周囲にこそ苛烈に吹き荒れた。

生き残る者は、いるのか。

ラシードにとって、その問いが持つ意味はエウロラにさえ理解できた。

「エウロラ」

促す男の指が、ぬぶ、と腹の内側を掻く。内臓を揺らし、腹の底を脅かす指の質量に、触られてもいない性器がぶるっとふるえた。

「んぅ…」

「お前は、戻れるのか?」

お前は。

与えられた問いの意外さに、視線が揺れる。思わず跳ね上がった睫がぶつかる距離で、黄金色の双眸が瞬いた。

「…ぁ…」

生きて、戻れます。

迷わず頷くことができれば、それですんだはずだ。だがエウロラの目に浮かんだ驚きこそが、全てを物語っていた。

「ラシ…」

ずる、とやわらかな穴から、指が退く。エウロラの膝が崩れるのと、重い体が伸しかかるのは同時だ。掻き抱かれ、ぐら、と大きく視界が傾ぐ。

「い、んぁ…、王…」

連れて行って下さい。

嗚咽を振り切り、懇願した。伸ばした腕が王の長衣を摑んで、縺れた体が絨毯に転がる。

「お前がいなければ皆返り討ちに遭い、お前がいても全員死ぬが、ミシュアルの首は取れる…」

ラシードが、繰り返した通りだ。

エウロラが同行しなければ、みんな死ぬ。エウロラが同行しても、やはりみんな死ぬ。それでもミシュアル王の首は、討てる。生きて帰れる者がいない結末は同じでも、ミシュアル王の野望を阻むことは叶うのだ。

「お願い、です…、ってなければ、あなたで、さえ…」

「言っただろう。俺は占術というやつと相性が悪くてな」

その唇は、笑っていたか。

喘いだエウロラの唇を、熱い口が嚙む。獣じみた巨軀が伸しかかり、べろ、とぬれた舌で舐められた。

「お前がなんと言おうがミシュアルの奴をぶち殺し、姉をお前の元へと連れ帰る」

「駄…」

無理だ、そんなこと。たとえあなたでも、絶対に。

叫んだはずの声ごと、頑健な歯に嚙み取られる。

占術師が視るものは、確かに水面に浮かぶ影でしかない。だがそこに影を落とす月そのものは、厳然たる輝きを放って天空にあるのだ。たとえ直接仰ぎ見ることができず、時に雲に隠されようとも、それは揺るぎなく人々の頭上に君臨した。

運命。

それに挑むなど、人の身にはすぎた行いだ。そうであるにも拘らず、迷うには値しないと男は言うのか。

「ぁ…」

「エウロラ」

結末が、瞼を慰撫する。熱い舌に歯列を割られ、くぐもった声がこぼれた。


瘦せた爪先が、熱を探して動く。

きっと母親の腹のなかでも、同じように確かめたはずだ。

絡め合った爪先から、じんわりと体温が浸みる。生命そのものの、ぬくもり。

正しき者。無垢なる魂。同じ器に注がれた、僕とは全く異なる聖なる人。自分のどこを探しても、こんなぬくもりは見つけられない。この身の内側にあるのは、ざらざらとした歪な冷たさだけだ。

それなのに、あの男はなんと言ったのか。この僕を胸に抱え、なんと。

「…っ、ぅ」

訪れた覚醒に、肺が強張る。はっと瞼を押し上げて、エウロラは茜色の目を瞬かせた。

「急に起き上がられない方がよいでしょう。薬の効果が、まだ残っているかもしれません」

静かな声が、頭上から降る。そっと肩に手を添えられ、エウロラは視線を巡らせた。

「ハカム、様…」

顔を見るより先に、分かっていた。旅装束を整えたハカムが、長椅子に横たわるエウロラを見下ろしている。

「あ…、今、は…」

彷徨《さまよ》わせた視線が、布が引かれた窓辺を捉える。ぼんやりとこぼれる光は、夜明けのようにも、薄暮を待つ頃のようにも見えた。

込み上げた咳に、嫌な苦さが絡む。鈍い吐き気が胸を焼いて、エウロラはふらつく体を引き起こした。

「もういくらかで、日が落ちます。…なにかお召し上がりになったら、このまましばらくお休み下さい。夜が明けるのを待って、ここを立ちますので」

日が落ちる。夜明け。

与えられた言葉の断片が、頭のなかで反響する。幻視と現実とが境界線を危うくし、そして薄く収《しゅう》斂《れん》した。

「皆さんは、もう…」

「出ています」

応えを、聞くまでもない。目に映るのは、イドの宿の一室だ。ほんの数日前に賑やかな笑い声が響いたそこに、今は冷たい沈黙が落ちている。

おそらく、自分は一昼夜近く眠っていたのだろう。記憶の断片を手繰り寄せると、喉に残る苦さが強くなった。

王の手で与えられた、あの赤銅色の酒のせいか。

かつては客室だった上階の一室で、ラシードと繋がった。聖婚などというものからは、遥かに遠い性交だ。疲れきった体を膝に抱えられ、唇へと酒盃を差し出された。毒杯であっても、驚きはない。覚悟を決めて飲み下したが、しかし自分は今、こうして生きていた。

「私はエウロラ様と侍女たちを連れ、ここを離れるよう王に命じられました」

常以上に抑揚を欠いたハカムの声には、ひやりとした固さがある。それはハカムにとっても、心に決めていたものとは異なる命令であったに違いない。

「マグキデに向かうようにとのことです。国境からは距離がありますが、そこで待って…」

「駄目です。逃げるなら、もっと遠くに行かなければ」

マグキデは、ここから三日ほど西へ戻った村の名だ。中規模の商隊宿が建つそこは、商隊の傷病者に対し手厚い治療を提供することで知られていた。

「…遠くへ？」

「そうです。信用できる人間を雇うことができるなら、朝まで待たずすぐにでも出発するべきです」

ここに留まることなく、一刻も早く逃げなければ。まさかエウロラが、そう訴えるとは考えていなかったのだろう。驚きに、ハカムが切れ長の双眸を瞬かせた。

「ですが王は、マグキデで待つようにと」

「王は、もうお戻りになられません」

マグキデで協力者と合流し、王はそこで自分を待つよう命じたのかもしれない。だがハカムの言葉を聞くまでもなく、エウロラはきっぱりと首を横に振った。

「なにをおっしゃって…」

「今日ここを立った兵たちは、誰も戻りません」

冷淡さがそのまま、声になる。

エウロラにとって、それは動かしがたい事実だ。みんな、死ぬ。干上がった水路の遺構である抜け道を通り、ラシードはナダの神殿への侵入を果たすに違いない。だが厳重な警備が施された神殿内を、悟られることなく侵入者が移動するのは不可能だ。

陽動のため隊を二手に割くことになるが、地上に残る者たちは命を拾う目がないことを最初から理解しているだろう。神殿の地下を目指すラシードも、同じだ。

「フェルマシェの時とは、違います。ラシード様はお戻りにならず、ミシュアル王は生き残り、すぐに次の戦が始まります」

それこそ、賭けてもいい。

マグキデより更に西に進んだ国境では、カルブサイドと強固な同盟関係にあるファルハ国の軍がラシードからの報せを待っている。国境線を挟んで、ファルハ国とミシュアル王の軍はこれまでも散発的な小競り合いを繰り返してきた。ラシードの首尾次第で、ファルハ国側から一息に東へと進軍する算段だろう。

だが実際は、明日ミシュアル王こそが西に討って出ることになるはずだ。

「エウロラ様、あなた…」

驚きの色が、ハカムの双眸を染める。

これは本当に、あのエウロラなのか。初めて目にするかのように、ハカムが自分を見るのが分かる。

ハカムがそう感じるのは、誤りではない。眩い暁色の髪を失ったエウロラは、それだけで別人のように映るはずだ。そうでなくとも自分は、昨日までの聖女エウロラとは違った。

「ラシード様からどのようにお聞き及びかは、存じ上げません。神官様は僕を、国を滅ぼした魔物とお呼びになりました」

ハカムの舌鋒《ぜっぽう》は、ラシードを前にしてさえ常に直截だ。だが今のエウロラに比べてしまえば、どんなものも歯に衣を着せた物言いに聞こえるだろう。人の身では覗けないはずの世界が視えるというのは、そうしたことだ。

「事実僕は、聖女ではありません。ですが占術は、残念ながら聖女に並ぶ精度であると自負しています」

ラシードを始めこの隊の存在を、エウロラは自身の目的のために利用しようとした。聖女と偽り、彼らの信望を掠め取ろうとしたのは言い逃れのできない事実だ。それでも占術の才に、誤りはない。何度も視た通り、今夜逃れ得ない死の嵐がラシードとその部下たちを押し潰すことになるだろう。

「姉の…、暁の聖女の力によってミシュアル王が護られ、ラシード様が敗れれば、もうミシュアル王を阻める者はいなくなります。そうなる前に、今すぐここを離れなければ」

「…では、どこへ？」

どこへ、逃げろと言うのか。そう尋ねること自体、ハカムには辛い行いだったに違いない。彼は商人である以前に、ラシードの腹心だ。エウロラにつき従う役目を与えられなければ、今頃彼もまた兵たちと共にミシュアル王の元に向かっていたはずだった。

「できる限り、西へ。マグキデで協力者と合流できたら、この貿易路を外れて北側からカルブサイド国を目指すのがよいでしょう」

最も大きく重要な交易路は、東西に走るこの道だ。だがそれ以外にも、交易のための道は四方に延びている。行き交う人が少ない道を選び、カルブサイド国を目指すのが最良だろう。迷わず告げたエウロラに、ハカムが戸口を振り返った。

「…分かりました。人の手配は、すでにすんでおります。可能な限り早く出られるよう指示いたしますから、エウロラ様もご準備を」

エウロラを連れ出せるなら、予定が繰り上がることには目を瞑れるのだろう。着替えのために手を引かれ、エウロラは傍らのヴェールを摑んだ。

「エウロラ様…？」

隣室へ促そうとして、ハカムが足を止めたエウロラを振り返る。

「僕はご一緒できません」

「…なにをおっしゃっておいでですか」

逃げるべきだと、そう言ったのはエウロラではないのか。訝るハカムの左手へと、エウロラは茜色の瞳を向けた。

「指輪を、つけて下さっているのですね」

ハカムの薬指には、エウロラが巻いた暁色の髪が残されている。銀の指輪が重なるそれを、そっとハカムが指で辿った。

「エウロラ様ご自身の御髪でなかったとしても、あなた様がお授け下さったものですから」

「他の皆さんは、いかがでしょう。僕が聖女ではないとご存知ないまま、姉の髪を身に着けてお出かけ下さったのでしょうか」

エウロラが中庭で編んだものは、姉の髪だ。エウロラの正体を知ることがあったとしても、本物の聖女である姉の一部だけは携えていてほしかった。

「勿論、皆間違いなく」

それは今日耳にした、最も嬉しい言葉だ。ほっと大きく息を吐き、エウロラは丈の長いヴェールを羽織った。

「安心しました。王には結局…」

王には、なにも差し出せなかった。差し出したところで、受け取ってもらえたとは思えない。だがそれは、ラシードの問題ではないのだ。全ては真実からかけ離れた、エウロラの不誠実さが招いた結果でしかない。

「エウロラ様?」

言葉を半ばで呑み込んだエウロラを、ハカムが気遣う。我に返り、エウロラはちいさく首を横に振った。

「…僕は、ナダの神殿に参ります」

逃げるべきだと訴えた口吻に比べ、その響きはあまりにも簡潔だ。踏み出そうとしたエウロラへと、ハカムがぎょっとした様子で腕を伸ばした。

「なにを言って…。逃げるべきだとおっしゃったのは、あなたではありませんか」

「確かに僕が出向いたからといって、神殿から誰かを連れて帰れるとはお約束できません」

みんな、死ぬ。

この世界の理を定めた何者かがいるならば、今夜それはミシュアル王に味方するだろう。ミシュアル王の、否、彼が所有する聖女の前に、ラシード王は血と苦痛の全てを吐きつくし膝を折るのだ。

「むしろ僕が加わることで、結末はより悲惨なものになるかもしれません」

分かっている。分かっていて、それでも決意を固めた自分自身に、唇が笑みを含んだ。

魔物、と、神官が罵るのも無理はない。だがどんな言葉で批難されようと、心は決まっていた。

「侍女たちのことを、お願いします。できる限り早くここを…」

「いけません！　私は必ずエウロラ様をお守りするようにと、王より申しつかっております！」

聖女を騙《かた》った上、不吉な神託を撒き散らしたエウロラを遠ざけたい。その一心で、ラシードが自分をここに置いていったのなら理解できる。だが王は、エウロラの警護こそを信望の篤いハカムに命じてくれたのだ。

「ラシード様があなたを選ばれたのは、旅路に長けているだけでなく、最も忠実だからでしょう」

ハカムはなにがあっても、ラシードの命令を全うするだろう。それが、どれほど理不尽なものであったとしてもだ。

「お分かりなら…」

「そうだとしても、誰であれ僕を守るなど不可能です。たとえ今日一日を長らえたとしても、ミシュアル王が生き残る限り僕が迎える結末は変わりません。ラシード様亡き後この大地は戦火に呑まれ、カルブサイド国も、ルキの者たちも皆滅ぼされることになるでしょう」

逃げ場など、どこにもない。逃げたところでエウロラもいずれはミシュアル王の手に落ち、姉諸共この大陸を焼く炎の一部となるだけだ。

「死が…、破滅が避けがたいものである以上、僕は今夜、この目でラシード様が迎える結末を見たい」

ラシードは今宵、死ぬ運命にある。

エウロラが関わっても、関わらなくても、その結末は揺るぎない。だがたとえそうだとしても、いやだからこそ、ラシードの元に行きたかった。

「お待ち下さい、私は…」

行かなければ。今、すぐ。踏み出そうとするエウロラを、ハカムが尚も引き留めた。

「私は心から、エウロラ様のお力を信じております。ですが同じだけ、我が主の言葉も信じています」

お前がなんと言おうと、ミシュアル王をぶち殺す。

まるで気安い喧嘩のように、ラシードはあの時はそう言った。揺るぎない響きが耳に蘇り、場違いな笑みがこぼれそうになる。

「…それは、僕も同じです」

ハカムの言う通りだ。絶対に無理だと知りながら、それでも、と思わせる力強さが男の声にはある。だから、と言葉を継いで、エウロラは黎明よりも暗い双眸を瞬かせた。

「だからこそ運命に抗い、それを屈服させんとするあのお方を見届けたいのです」

ラシードがその手に握って生まれた凶兆は、エウロラの目にも禍々しく輝いて映る。だが今日まで、ラシードはただ運命に生かされてきたわけではない。血の泥濘みで絶望に呑まれてしまえば、どれほどの幸運がラシードを守ろうと死はすぐに王を喰らいつくしていただろう。

だがラシードは、足を止めなかった。呪いが、運命が突きつける夥しい死と悪意を前にしても、男は眼を背けることなく歩み続けた。その結末をこの目で確かめられるのなら、それこそ惜しむ命などないのだ。

「エウロラ様…」

「王の言葉に従うなら、あなたは尚更僕を行かせるべきだ」

逸らさず覗き込んだ視線の先で、ハカムが瞬く。

「残念なことに、ラシード王はそれをお許しにならないでしょう。その上、もしあなたが僕と共に行くのならば、あなたは死の運命に踏み込むことになる。より確実な、死の運命に」

ハカムが、死を怖れるとは思わない。だが王に背く不名誉は、彼が最も甘受しがたいものであるはずだ。

「ですがいずれにしても、それらは我々の死であって、我々の不名誉です。王と共に運命に挑む覚悟があるならば、そんなものは問題にならないと思いませんか？」

いかな理由があろうと、王の命に背くなど許されない。そうだとしても、迷うつもりはなかった。ハカムが身を挺して反対しようとも、今夜自分はラシードの傍らにあるべきなのだ。

「…王は出立に際して、エウロラ様がここに残るためのどんな交渉を持ちかけようと、決して耳を貸すなとおっしゃいました」

苦すぎる息が、ハカムの唇からこぼれる。形のよい掌を瞼に重ね、青年が昨日そうしたように天を仰いだ。

「王には、占術の才がおありなのですね」

そうであれば、心強い限りだ。いけないと分かっていても、肩が揺れてしまう。晴れやかに微笑んだエウロラに、ハカムもまた息を吐くように笑った。

「…馬を用意して参ります。高くつきますから、お覚悟下さい」

商売熱心で賭博好きなルキ族のハカムが、王の命令に反して馬を用意するというのだ。体重を超える金を請求されたとしても、驚きはない。覚悟を決め、エウロラは深く頷いた。


最初に視たものは、燃える空だった。

それは死の竈《かまど》であり、生の火花だった。そして隠された美名であり、信奉された罪悪だった。

総《すべ》てが謳い、総てが沈黙する。鬩《せめ》ぎ合い、混じり合い、呑み込まれ、弾ける。

世界は常にエウロラの外側にあり、そして内側から苛んだ。知っていた。いつかこの混乱が、自分と世界を食い破るのだと。知っていた。やさしいぬくもりが傍らにある限り、その日は遠いことを。

だけど今、春のようなそれはこの体から切り離されてしまった。

自由だ。そう、僕は自由だ。

一歩を踏み出すことに、躊躇はない。この一息を、こぼすことにも。

痩軀に巻きつけたヴェールを、エウロラはそっと掻き寄せた。腕を伸ばすまでもなく、扉は開かれている。

初めてここに立った時、聞こえたのは祈りの声だ。ナダの神殿に奉仕する、神官たちの詠唱《えいしょう》。うねるようなそれを思い出し、エウロラは目の前の扉を見上げた。

仰ぎ見るほどに、大きな扉だ。開け放されたその奥には、広大な広間が口を開けている。正確には、洞穴《どうけつ》と呼ぶべきか。床の一部にこそ、磨き上げられた大理石が敷かれている。だが巨大な円柱たちが支えるのは、華やかな彫刻で飾られた天井ではない。頭上を覆うのは、ごつごつとした剝き出しの岩場だ。

高い位置にあるその中央は、見事な真円にくり抜かれている。そこから差し込む月明かりが、真下に湧き出る泉の水面を輝かせていた。

「ようやく戻ったのか」

驚きとは無縁の声が、やわらかに届く。

澱んだ沈黙をものともしない、しなやかな響きだ。歌うようなそれは、しかし誠実さからはかけ離れている。冴え冴えとした月の光を浴び、その男はうつくしく笑っていた。

「できる限り、急いで馳せ参じたのですが」

その言葉に、嘘はない。

これ以上ない速さで、馬を駆った。馬術に長けたハカムの助けを得られたのは、幸いだ。イドを出るために用意されていた馬のうち二頭を用いて、日暮れの迫る道を急いだ。それでも間に合ったとは、言いがたいのかもしれない。

「仕方のない奴だ。これが終わったら、もう一度捜しに出ようと考えていたぞ」

微笑みながら頷いた男が、エウロラへと左手を差し出す。来いと、そう言うのだ。

「案ずるな。賢いお前でも、時には判断を誤ることもある。今回だけは、特別に許してやろう」

許す。

この男には、最も縁遠く思える言葉だ。

ゴールスの王座に座す、ミシュアル。時に同盟国を背中から討ち、時に閉ざされた街に死病を贈る王。輝かしい金髪を肩へと垂らしたその人が、エウロラを手招いた。

「…っ、が…」

応えた呻きは、エウロラのものではない。

目が眩むほどの満月の下で、暗がりが動いた。

不吉な影を引き摺った、黒い獣だ。

見開かれた眼球の、剝き出しにされた牙の、その白さだけがぎらぎらと際立つ。それ以外はどろりとした黒に塗り潰された獣が、蹲っていた。

いや、膝を着いてはいない。抜き身の湾刀を床に突き立て、それは辛うじて重い体を引き起こしていた。

なんという、胆力か。

荒い息を吐き散らす獣が、自らの脇腹に突き立てられた矢に気づき、握る。血を流す左手が、それを躊躇なく引き抜いた。

並の者ならば、到底立ってなどいられまい。そもそも、ここに至ってさえいないだろう。

ナダの神殿の、最も深い場所。滾々《こんこん》と泉が湧き出るこの祈禱所へは、限られた神官とミシュアル王以外立ち入ることを禁じられている。祭事の夜でなくとも固く閉ざされたそこに、ラシードは立っていた。

「ああ、そいつか」

エウロラの視線に、気づいたのだろう。わざとらしく、ミシュアル王が眉を引き上げて見せた。

「昔からしぶとい奴でな。これだけ手傷を負わせても、まだ息をしている」

十年以上前の一時期を、ラシードとミシュアル王は共にかつての大国ガイナリスの王宮ですごしていた。王宮とは名ばかりの、練兵所か。二人は互いに、異国から送られた人質の王子だった。一方は、呪いが故に。一方は父王から王座を奪取する野望の足がかりとして。二人は戦場で頭角を現したが、友になることはなかった。当然だろう。同じ旗の下で剣を振るっても、二人は最も近くにいる敵にすぎなかったのだ。

「随分と派手に、旧交をあたためあわれたご様子ですね」

血の海だ。

大理石が敷かれた床は、月明かりの下でさえそれと分かるほどに血でぬれていた。この広間だけではない。ここに至るまでの階段に、長くうつくしい廊下に、供物が積まれた地上の祭壇に、神殿内には夥しい死があふれていた。

血の旋風《つむじかぜ》が、通り抜けたが如く。征服地から持ち帰った輝くような壺や金細工が薙ぎ倒され、代わりに積み上げられたのは数え切れないほどの屍だ。

手も足も胴も頭も関係がない。敵味方の別さえなく、神殿の床に、壁に、血と肉片が飛び散っていた。

「呪われた凶王とは、よく言ったものだ。禍に愛され、その禍に呑み込まれまいと抗う愚かなる者」

やわらかに告げたミシュアル王が、一歩を踏み出す。べちゃ、と、まだ乾いていない血溜まりが、その足元で濁った音を立てた。苦にする様子もなくそれを踏み、王が足元を見回す。

目当てのものを、見つけたのか。引き締まった体軀を優雅に屈め、ミシュアル王がなにかを拾い上げた。

腕だ。

血にぬれ、ずっしりと重たげな右手を、ミシュアル王が手に取った。

「だが、所詮は人の子だ」

ラシードを一瞥したミシュアル王が、拾い上げた右腕を確かめる。余程の力と速度で、刎ね飛ばされたのだろう。肘の下ですっぱりと断ち切られた腕は、それを持つミシュアル王の左手によく似ていた。右手、なのだ。ミシュアル王が拾い上げた腕は、まさしく王自身の右腕だった。

「貴…様…」

まだ、声を出す力が残っているのか。

喘鳴《ぜんめい》に肩を揺らすラシードが、呻く。この男が息を乱す姿など、滅多に見られるものではないだろう。だがそれも、致し方ない。それほど多くの肉を湾刀を振りかざし、傷を負いながらも斬ったのだ。

「私もまだ、完璧とは言えないようだがな」

苦笑してみせたミシュアル王が、右肩を持ち上げる。ぼたぼたと血をこぼし続けるそれは、肘の下で斬り落とされていた。

どれほど屈強な男でも、手や足を失えば恐慌《きょうこう》状態に陥る。痛みに血と汗が噴き出して、まともに立つことも難しいはずだ。だがミシュアル王は、顔色一つ変えてはいない。肉の色を明らかにする切り口に、王は薄笑いながら摑んだ腕を押し当てた。

「だが、じきに完璧になる。愛しい我が聖女のお蔭でな」

みちみちと、嫌な音が血にぬれた広間に落ちる。肉が、肉を食むような音だ。実際ミシュアル王の右腕で、血を流す断面が互いの肉を嚙み合っているのだろう。断ち切られたはずの右腕の指が、びく、と動くのが見えた。

「聖、女…だァ?」

荒い息を押して、ラシードが上体を持ち上げようとする。浴びた返り血が、眼に入るのか。獣のような息を吐く男が、ぶるっと大きく頭を振るった。

「そう、聖女だ」

頷いたミシュアル王が、エウロラを手招く。抗うことをせず、エウロラは血ですべる大理石の床を踏んだ。

ラシードがここに踏み込んだのは、祭事が行われる直前であったのか。警護の兵も祈禱を捧げる神官も、男は向かってくる者であれば躊躇なく斬り伏せたのだろう。累々と転がる苦悶の顔たちに目を落とし、エウロラは月明かりの下へと歩み出た。

「…聖女、っての、は…」

エウロラを指す言葉では、あるまい。では、その姉はどこに。

血で下がる瞼を押し上げ、ラシードが視線を巡らせようとする。

「ここに」

応えたのは、エウロラだ。

泉のほとりに立ち、示す。

「…なん、だと」

「姉の所在を、ラシードに教えてやっていないのか？　意地の悪い子だ」

肉が蠢く右腕の接合部を、ミシュアル王が興味深そうに覗き込む。そうしながら、金髪の王もまた清浄な水を湛える泉を示した。

「私の大切な聖女は、そこにいる」

月明かりを浴びる泉は、底が見えないほど深い。薄暗い洞窟の岩の隙間から湧き出て、それは怖いほど澄んだ水を湛えている。満月の下でいっそう清らかに輝く水面を、エウロラは見下ろした。

「ラシード様。あなたが身を賭《と》してこの地を訪れた理由は二つ。一つはこの神殿で祭事を執り行うミシュアル王の首を取ること。もう一つの目的は、この泉そのもの…」

真実を話せ、とあの夜ラシードはエウロラに言った。ここにいる、嘘偽りない理由を。

だが自分がラシードに打ち明けられたのは、真実と呼ぶには足らないものだ。そしてラシードがエウロラに語ったものも、真実とは言いがたい。

いや、真実ではあったが、それもまた全てではなかったと言うべきか。

「ラシード、お前と手を結んだ莫迦な同盟の長たちは、いつからか私が死の泉を隠し持っていると、それがただの噂ではないと、そう考えるようになった」

死病が産声を上げたのは、大陸の東だと言われている。赤々と上がった火の手は、瞬く間に西へと燃え広がった。

苦難の末、一度は死病に打ち勝ったとしても安心はできない。ミシュアル王は病が去ったはずの街にさえ、再び死病を呼び込んだ。何故ああも易々と、望んだ場所で望んだ時に病を用いることができるのか。ミシュアル王は噂の通り、本当に幽精の瘴気によって満たされた池を手にしているのではないか。

ミシュアル王の脅威に晒される国々の王のなかには、その可能性を真剣に論じる者もいた。

「この辺りの神殿には、水や泉に関わる伝承を持つ場所も多い。おそらく最初に、ラシード様たちはテティの神殿の地下をお疑いになったのでしょう」

エウロラを警護していたミシュアル王の兵も、その噂に取り憑かれ砂嵐のなかで自滅した。ミシュアル王の言葉を継いだエウロラへと、血の匂いが漂う指が伸びる。斬り落とされたはずの右腕で、ミシュアル王がぞろりと艶やかな黒髪を搔き上げた。

「っ…」

顳顬から耳殻へと、くすぐるように動いた指先は意外にもあたたかい。ラシードに叩き斬られたのだろうそれは、確かに一度死者の持ち物となったはずだ。それにも拘らず、ミシュアル王の右手は左腕よりもむしろ熱を持って感じられた。

「触る、な…」

そいつは、俺のものだ。

呻いたラシードの眼光に、エウロラの背がふるえる。ぎ、と歯を剝いた男が、血でぬれた巨軀をもがかせた。

「…ですが情報を集めるうち、ラシード様はミシュアル王が修繕を理由に、このナダの神殿に向け頻繁に人を送ることを、そして時には人目を忍んで自身が祈禱に訪れていることを知った」

騎馬の民を始めとした密偵は、ミシュアル王の居城であるフリュト城を中心にゴールス国の勢力下に広く散っているのだろう。ミシュアル王の動向を鑑《かんが》み、対立する同盟の主たちは一つの結論に達した。

「愚かだな」

体を揺らしたミシュアル王が、エウロラを胸元へと引き寄せる。今や完全に繋がった右腕に搔き抱かれ、エウロラはちいさな声をもらした。

「っ、ミ…」

ミシュアル王の体軀は、しなやかではあるが決して華奢ではない。ラシードほどではないにせよ、みっしりと筋肉で覆われた体は硬く頑健だ。背中からエウロラを抱き込んだ王が、笑う唇を黒髪へと落とした。

「このナダの神殿の地下に隠された泉があると知ると、お前たちは色めき立った。ここそが幽精の毒に満ちた、死病の泉ではないか、と。私を殺し…、いや、殺せないまでも、ここを埋めてしまえばいくらか安心できるのではと、そう考えた」

自分自身の言葉が、おかしかったのだろう。エウロラの耳殻をれろ、と舐め、ミシュアル王が肩を揺らした。

「滑稽《こっけい》だな、ラシード」

嘲笑が終わるのを待たず、風がうねる。動く力など、すでに残されているはずがない。そう思われたラシードが、一息に床を蹴ったのだ。

「手を、放せ…ッ！」

獣じみた咆吼が、目の前で爆ぜる。ミシュアル王が自分を突き出そうとする気配を悟り、エウロラは咄嗟に身を伏せた。同時に横薙ぎにされた湾刀が、頭上を走る。

「がッ」

がごん、と、鋼そのものがぶつかる音が響く。血で汚れた切っ先は、間違いなくミシュアル王の額を捉えた。だが実際吹き飛んだのは、ミシュアル王ではない。ラシードの巨軀こそが、血ですべる床へと叩きつけられていた。

「っげァ」

見えない何者かの手が、振り払いでもしたのか。血溜まりに肩から落ちた男が、湾刀を握り直すよりも先に喀血した。

「まだ動けるのか。呆れるほど頑丈な奴だな」

肩を竦めたミシュアル王が、自らの額に手をやる。

鋭利な白刃が、そこを叩き割ったはずだ。実際ミシュアル王の右の眼窩から額にかけ、無惨な抉れが走っている。だがそこから、流れる血はない。代わりにどろりとした黄色いものが垂れ、蠢いた。

「貴、様…」

眼に映るものが、信じられないのか。

なにより湾刀越しに伝わり、全身へと轟く衝撃にこそ驚いているのかもしれない。ごは、と噎《む》せたラシードの口から、血の混じる胃液がこぼれた。

「…姉の力です」

ラシードの両腕は重く痺れ、脳幹ががんがんと不快な軋みを上げているに違いない。憎悪と混乱とを映す眼が、薄笑うミシュアル王を睨めつけた。

「この泉は、幽精の瘴気とは関係がありません。ここに眠るのは、死病ではなく聖女なのです」

澄みきった泉には、悪しき幽精の気配など微塵もない。そこにあるものは、むしろこの世で最も清浄な輝きだ。煌《きら》めく水面が、抱《いだ》くもの。それはエウロラの姉であり、誰からも愛されたただ一人の聖女だった。

「お前、の…、姉は…」

立ち上がろうとしたラシードの膝が、がくん、と落ちる。笑い、ミシュアル王がもう一度エウロラの痩軀を引き寄せた。

その額にはいまだ深い窪みが走るが、しかしそれはすでに傷と呼べるものではない。

「姉はもう、生きてはおりません。この化け物が姉を…、聖女を殺し、ここに沈めてしまった。この、泉に」

言葉にするだけで、眼球の奥に冷たい憎悪が凝《こご》る。ぶる、とふるえたエウロラの首筋へと、ミシュアル王が愛おしそうに唇を押し当てた。

「化け物とは不敬がすぎるぞ、千里眼の巫女よ」

毒を含んだような唇が、音の鳴る口づけをうなじへと重ねる。ぞわっと悪寒が込み上げて、エウロラは華奢な顎を持ち上げた。悶える仕種をあやすように、しなやかな手がエウロラの下腹をまさぐる。長衣の上から性器を辿られ、あ、と詰まった声がこぼれた。

「や…、っあ、化け物、でしょう。聖女の力を信奉するだけでは満足できず、聖女を独占し…、あろうことか、その力を自分自身のものにしようなどと…」

聖女のぬくもりに、心奪われない者はいない。だが玉座にある王でさえ、聖女の上に君臨しそれを従属させるなど不可能だ。

王は、所詮人にすぎない。世俗の権力で勝ろうとも、聖なる者の輝きには遠く及ばないのだ。

それにも拘らず、ミシュアル王は理を破ろうとした。

自身こそが、人であることを棄てる道を求めたのだ。

「仕方ないだろう。どうしても欲しかったのだ。他の誰かに奪われ、私以外がこの力を得たらそれこそ厄介なのだしな」

優雅に微笑むミシュアル王には、悔恨《かいこん》などまるでない。ごぼ、ともう一度血を吐いたラシードが、ふるえる手で湾刀を引き寄せた。

「ミシュアル…、貴様…」

「ラシードよ、お前は知っていたはずだ。私がどういう男か。だからわざわざ自分の足で、ここまで来た」

無駄足になってしまったがな。

残念そうに嘆息したミシュアル王の手が、エウロラの性器を布越しに握り込む。じわりと握力を加えられると、身が竦むような痺れが背筋を舐めた。

ミシュアル王のような男に急所を握られれば、誰だろうと心臓が冷える。だが聖女の清廉さからかけ離れた肉体は、刺激に従順だ。ぴくぴくとふるえた性器が気に入ったのか、褒めるように耳殻を舐められた。

「ふ、ぁ…」

「本当はもっと早く、この体を手に入れたかったのだがな。直接取り込むわけにゆかず、今日まで時間がかかってしまった」

なにをどう、取り込むのか。

聞かされるまでもなく、ラシードには理解できたのだろう。月明かりを浴びる眼の奥で、憎悪がその輝きを増すのが分かった。

「ッ…」

「…姉の、ぁ、肉体は…、その霊力が故に、本来ならばヒィズドメリア王家の霊廟《れいびょう》か、聖女自身が選んだ清らかな場所に、埋葬される必要があった。それを、この化け物は…」

喰ったのだ。

生きとし生けるものにとって、その存在を形作る血と肉ほど神聖なものはない。魂の器には、魂が持つ霊力そのものが宿る。聖女の肉体となれば、尚更だ。

聖女を喰らい取り込むことで、その力を我がものとしたい。

死に打ち勝つための秘儀《ひぎ》を求めるうち、そんな考えに取り憑かれたのか。恐るべき欲望を果たすため、ミシュアル王は聖女を殺し、彼女の肉に歯を立てることを望んだ。

「聖女の血な、んて、ものは…」

低く吐き捨てたラシードに、金髪の王が鷹揚に頷く。

「迷信だと思うか？　だが喜ぶべきか、悲しむべきか、私が舌を借りた囚人どもは、聖女の血を飲んだ結果ことごとく死んだ」

まずミシュアル王は、生きた聖女の血でそれを試した。

姉の血を飲まされた囚人たちは、三日三晩苦しみ抜いた末に死んだ。恐るべきことに、この成果はミシュアル王を歓喜させた。

聖女の肉体には、やはり並外れた霊力がある。だが強すぎる力は、時に毒となるのだ。

ではそれを、どう制するか。

国中の学者と呪い師たちを掻き集め、王は一つの手段に辿り着いた。

「毒に身を慣らすのと、同じ…。ミシュアル王はこの泉で、姉を斬り、そして…」

そして泉に、姉を沈めた。

怒りに、首筋の産毛が逆立つ。

忘れない。忘れられるわけがない。水面に滲んだ、暁色の髪よりも鮮やかな血の色。目を見開き、水底へと引き込まれてゆく姉は、最期になにを見たのか。刺すような痛みが眼底を脅かし、エウロラはミシュアル王の腕のなかで身悶えた。

「分かっただろう、ラシードよ。この泉ほど清廉な水はない。それこそ、喉を焼くほどにな」

悪趣味であること、極まりない。だが笑うミシュアル王は、氷の彫像のように典雅だ。性器をいじり回した指が、気紛れにエウロラの長衣をたくし上げた。

「ァ、放…！」

まだ歪な熱を残す右手が、エウロラの性器を直接摑む。伸ばした中指で陰嚢を転がされると、重い性感が腹の底を擽った。

「ミシュアル…、お前、この、水を…」

「ああ、飲んだ。飲み続けたぞ、今日まで。随分苦労させられた。生きている時はこれ以上なく愛らしく、従順な女だったが、死した後はこれがなかなか頑固《がんこ》でな」

聖女が生涯を閉じると、その高潔な魂は器を離れる。遺された肉体は手綱を握る手を失い、荒ぶる力を剝き出しにすると呪い師たちは忠告した。

姉こそが、まさにそうだ。あたたかかった姉の手は、誰に対してもやさしかった。死病すら癒やす、慈悲の聖女。そう崇められた姉は、しかし冷たくなって後は触れる者の皮膚を焼くばかりだ。

「加減を探るのに必要な囚人や捕虜は、幸い十分いたので助かったが。お蔭でようやく私の想いが報われ、愛しい聖女と一つになれた」

言葉通り愛おしそうに、ミシュアル王が自らの左手に目を落とす。

男らしくしなやかな人差し指に、つるりとした指輪が輝いていた。緻密《ちみつ》な細工を施されたそれは、高価な白金を溶かし、紅玉によって飾られたものではない。

骨だ。

やさしかった姉の、一部。

肉を削ぎ落とされた白い骨が、ミシュアル王の指で月明かりを弾いた。

「不思議なことに、我が聖女の肉はまだ腐りもせずこの水底にいる。泉を浚《さら》うのも、骨を取り出すのも、それを細工するのも、恐ろしく苦労させられたがな」

聖女を抱く泉に潜り、その遺骸《いがい》を暴くのだ。実際に苦労したのも、命を落としたのも、言うまでもなくミシュアル王ではない。密かに集められた潜水夫や、骨を細工する職人たちは、ある者は指先を腐らせ、ある者は全身の皮膚を焼かれ次々と死んでいった。

「さすが双子と言うべきか。死んだ聖女に触れても無傷だったのは、この弟だけだった。…しかしようやく、私も彼女をこの手に抱けた」

愛おしげに、ミシュアル王が指輪へと唇を寄せる。エウロラに口づけたものと同じ唇が、密かな音を立てて聖女の骨を吸った。

「今夜この指輪は私を受け入れ、こうして我が身を守ってくれている。我々なりの聖婚を果たした、というわけだ」

姉が身を浸す水を飲み続けることにより、ミシュアル王の肉体は一歩ずつ、荒ぶる聖女の霊力に近づいた。そして今夜遂に、ミシュアル王は姉の一部を己が肉体に重ねたのだ。

「聖婚、などと…。受け入れる、わけがない。ん、ぁ…、姉が、あなたのような、化け物を…」

淡い陰毛に指を絡めたミシュアル王が、エウロラの性器の先端をつまむ。手首を摑んで阻もうにも、そんな抵抗はミシュアル王を楽しませるだけなのだろう。固い指先が、粘膜の色を覗かせる窪みを揶揄うように搔いた。

「っや、ァ…」

「私が化け物なら、黒髪の巫女よ、お前はなんだ?」

ぬれた息と舌が、咎めるように耳殻を舐める。

お前は、何者か。その問いに唇を嚙んだエウロラへと視線を定め、ラシードが膝で進んだ。がち、と刃を鳴らした男を、ミシュアル王が見下ろす。

「苦しいか、ラシードよ」

尋ねるまでもない。自身が流した血と返り血で、今やラシードは朱でその身を洗ったも同然だ。

「私に触れるということは、最早聖女の骨を摑み、挑むのと同じこと。その物騒な剣越しとはいえ、先の一撃は破城槌《はじょうつい》で撲たれたも同然だったはずだ」

生身の人間の肉と骨で、受け止められる痛みとは思えない。それでも立ち上がろうとするラシードに、ミシュアル王が曇りのない笑みを向けた。

「だが、気づいているだろう？　今お前を苛むものが、そうした聖女の打擲《ちょうちゃく》や刀傷だけでないことを」

甘く響いたミシュアル王の声に、ごほ、と濁った咳《しわぶき》が重なる。散々血と胃液を吐いたラシードが、今度は体を揺らして重い咳をこぼした。

「そう、それだ」

満足げに頷き、ミシュアル王がエウロラの亀頭を丸く捏《こ》ねる。陰嚢を持ち上げられると、皮膚の薄い会陰にまで中指が届いた。

「ぃ…、ぁ放…」

「では尋ねよう、淫蕩な黒髪の巫女よ。お前はどうやって、ここまで来た？」

声をひそめたミシュアル王が、指輪の嵌まる指で左の乳首を捻る。つきんとした痛みが性器を潤ませ、エウロラは掠れた声を上げた。

「ラシードと同じ抜け道を使ったわけではあるまい。あそこは援軍を阻むため、我が兵が早々に塞いだ。ではお前は、どうやってここへ入ったのだろうな？」

ミシュアル王が、首を傾けてみせる通りだ。

エウロラはラシードが利用した進入路を、辿ったわけではない。エウロラが選んだのは、最も早く神殿に辿り着くことができる荒野の道だ。

「…ぁ、それ、は」

「お前は臆することなく、正面からこの神殿に入ってきた。そうだろう？　ちゃんと分かっている。気配がしていたからな」

死の、気配が。

機嫌よく笑ったミシュアル王が、指輪ごと左手をエウロラの胸へと擦りつける。

布越しにも、総毛立つような感触が肌を焼いた。熱くて、冷たくて、非情。全ての美徳を剝ぎ取られた双子の断片が、エウロラの形に添って動いた。

「エウロ…ラ」

げは、と重い咳をこぼしたラシードが、エウロラを見る。

果たして今夜、凶王は一体何人の敵兵を斬り殺したのか。ラシードだけでなくその部下たちもまた、多くの死骸の山を築いたはずだ。

だが神殿を守る兵の全てを、彼らは殺しつくせたわけではない。混乱のなか、それでも神殿の正門にはいまだ衛兵が置かれ、内陣では神官たちが逃げ惑っていた。

その直中を、エウロラは剣を手にすることもなく通り抜けてきたのだ。

「本当に、気づいていないのかラシード」

さも驚いたと言いたげに、ミシュアル王が頭上を指で示す。先程まで怒号と悲鳴に彩られていたはずの地上に、今は陰鬱な沈黙が犇めいていた。

「死の泉などというものがあるなら、それはこいつだ」

すりりと、ミシュアル王がその美貌をエウロラの顳顬へと擦りつける。まるで愛しい仔犬でも、甘やかすような動きだ。

「ふざける、な…」

「これはまた、随分上手く聖女に化けていたのだな。だが残念なことに、これが真実だ」

秘密を打ち明けでもするように、声を落とされる。見せつける動きで、べろ、と、ぬれた舌がエウロラの顔を舐め上げた。

「やめ…」

「こいつの姉は、紛うことなき聖女だった。彼女が触れれば、死病の瘴気さえ消え失せる。私と一つになった今、この身の傷をたちどころに治してみせたようにな」

だが、と続けたミシュアル王が、ラシードにもよく分かるよう、エウロラの会陰をやさしく搔いた。尻の穴にまで指を伸ばされると、恥ずかしいほど膝がふるえてしまう。

「だが、弟は違う。こいつが触れても、瘴気は消えない。それどころか毒を強め、増えさえする」

文字通り、死の泉だ。

違うと、叫ぶことはできない。叫ぶつもりもなかった。ミシュアル王が言う通り、エウロラの手は決して死病を消し去ることはできないのだ。

「誰も救えぬ、死の化身。ひどい奴だな、お前は。瘴気を撒き散らし、みんな殺してここまで来るなどと」

「…っ、どうしても、あなたに、お会いしたくて…」

悪しき幽精が吐く瘴気は、人々に等しく死を贈る。行く手を阻む敵兵にも、逃げる神官にも、善き人にも、罪なき友にも、それは分け隔てなく降りかかった。

エウロラ自身でさえ、選ぶことはできない。救済の法を知らない自分は、ただ圧倒的なこの結末を運ぶだけだ。

「聞こえたか、ラシード。お前が私から奪おうとしていたものは、全てこの手元へと戻ってきたぞ」

聖女の霊力に裏打ちされた、強靭な生命。そして枯れることのない、死の泉。ラシードが阻もうとしていたものの全てが、今夜ミシュアル王の手へと収まったのだ。

「お前という友を喪《うしな》うのは、実に残念だがな」

立ち上がろうと足掻いたラシードの喉奥で、ごぼ、と歪な音が鳴る。猛烈な病の瘴気が、男を内側から破壊しつつあるのだろう。土気色に染まった瞼が、不随意な痙攣を見せ始めていた。

「だがこれも、祝福だと思おう。これでお前の呪いも解ける。死に損ないの凶王などと呼ばれたお前に、我が聖女が永遠の救済を授けるのだからな」

死の救済を。

厳かに告げたミシュアル王の指先が、エウロラの唇を撫でる。そうだろう、と耳元で囁かれ、細い喘ぎがこぼれた。

「おっしゃる通り…、僕は姉とは、違う」

同じ形の器に注がれた、まるで異なる魂。何故自分たちは、二つに分かれて生まれたのか。

愛しい姉の欠片が唇に触れて、エウロラは静かに瞬いた。ラシードを見下ろした唇は、わずかに笑みを含んでいたかもしれない。

苦痛のなかで、ラシードの眼が見開かれるのが分かる。やめろ、と叫んだのか。

獣のような咆吼が体を撲つのを感じながら、エウロラは大きく唇を開いた。

「エ…」

一息に、歯を立てる。

指輪を嵌めた、ミシュアル王の人差し指だ。躊躇はない。憎悪に凍《い》てつく歯で、肉に、そして骨に、エウロラは力の限り嚙みついた。

「な、に…！」

姉の霊力を盗んだミシュアル王にとっては、痛みより驚きが勝ったことだろう。聖女に成り代わる術も持たない死の化身ごときが、なにを。目を剝いたミシュアル王に構わず、エウロラはごぎりとしなやかな指を食いちぎった。

「この…！　魔物風情がッ」

嫌な血の味が、口腔に広がる。吐き気がした。同時に、舌と歯に姉のあたたかさを覚える。

血で汚れた唇で笑った自分は、悪しき幽精以外の何者でもなかったはずだ。それが、なんだと言うのか。指輪を奪ったエウロラの眼前を、閃光が走った。

「エウロラッ」

血と臓物で泥濘む床を、ラシードが蹴散らす。重い衝撃が自分を攫うのと、切っ先に抉られるのは同時だった。

「が…っ」

正確には、それは切っ先ではない。鋭利に伸びた、ミシュアル王の爪だ。

刃のような左手の爪が、エウロラの胸を横に裂いた。

「エウロラ！」

よくそんな大声が、出せるものだ。場違いな感心を覚えるほど、強い声が自分を呼ぶ。

湾刀を握るどころか、もう息を吐くこともままならないはずなのに。それにも拘らず、ラシードがエウロラを胸に庇い床へと転がった。

「エ…」

大丈夫か、と問うのが愚かな行いであることは、誰の目にも明らかだ。

ごぼ、と熱い血が、エウロラの口からあふれる。奪い返した姉のぬくもりが、鮮血にぬれる掌へとこぼれた。

「……で」

絞り出した声に、血の泡と痛みが混ざる。熱に塗り潰されてゆく意識のなかで、エウロラは自分を抱き支えようとする男を見上げた。

「飲ん…で、くださ……、僕…の、血、を…」

姉の髪で編んだ指輪を以てしても、ラシードの運命は御し得ない。禍に愛され、それでも禍に魅入られまいと抗う呪われた王。そんな男に、贈れるものがあるとしたら。

胸に閃いたものは、一つきりだ。だが果たして、そんなものを受け取ってくれる者などいるのか。

聖女だと騙っていた時でさえ、難しいと分かっていた。それを聖女どころか、誰も救い得ない死の化身だと露見した身で望むなど。

愚かな願いだと、知っている。だがこれ以上の何物も、自分は差し出せないのだ。

「お前の血を、飲めだと？」

訝る声が、高い位置から降る。

指輪をもぎ取られても、ミシュアル王の肉体はすでに聖女の霊力に親しんでいるのだ。爛々と光るかの王の目は、もう人間のそれとは言えなかった。

「楽に死なせてやるための、慈悲のつもりか」

嘲笑がこぼれるのも、無理はない。ミシュアル王ですら、エウロラの肉を食べようとは試みなかった。正反対の、しかし同等に強い霊力を持つ一対を前に、ミシュアル王は迷わず聖女を嚙ることを選んだ。

不浄なる者の、汚れた血。この血になにかしらの価値があると言われても、誰がそれを信じるのか。

そうだと、しても。

呻いたエウロラの唇を、熱い口が食んだ。

「ラシ…」

べろり、と。

獣じみた舌が、薄い唇を舐める。濁った血を音を立てて舐め拭われ、涙がこぼれた。

「…王」

ありがとうと、伝えようとしたのか。あるいは謝罪だったのか。どちらであっても、もう声が出ない。ごほ、と咳いたエウロラを、同じ朱に染まる男が腕に抱えた。

「全く、お前という奴は」

臓腑を踏み近づいた金髪の王が、呆れたように肩を竦める。

「物好きにもほどがある。こんな者の血を飲んで、楽に死ねるはずが…」

ぶつりと、音が途切れる。一閃が、月明かりを裂いて走った。

「っ、が」

衝撃に圧されるように、声が落ちる。ミシュアル王の、声だ。

「な…、貴様…」

信じられないものを見る目で、ミシュアル王が自らの胸元を覗き込む。その驚愕を、黄金の炎が睨めつけた。

冷徹な、獣の眼だ。

乾くことを知らない血溜まりで、憤怒《ふんぬ》の光が瞬く。ゆら、と影が動いて、月明かりが翳《かげ》った。

「ラシード…、お前はまだ、私の邪魔をする気なのか？」

ぎりぎりと眦を吊り上げたミシュアル王が、自らの胸に手をやる。迷いのない太刀筋が、王の胸を斜めに抉っていた。

「身の程を知れ！」

怒声を吐き捨て、ミシュアル王が左腕を振り上げる。人差し指が欠けたそれは、すでに人の持ち物とは言いがたい。長く伸びた爪は、鋭利な刃そのものだ。うつくしい異形の鉤爪《かぎつめ》が、高い位置から空を切った。

「ッぐ」

がぎん、と、金属の悲鳴が響く。

大振りの湾刀が鉤爪を弾き、横に払った。打ち合う衝撃の大きさに、互いの巨軀が蹈鞴《たたら》を踏む。だがラシードは、膝を折りはしなかった。腰を落として振り抜かれた切っ先が、ミシュアル王の鼻先を掠める。

「ちッ」

凶王などと呼ばれようとも、所詮ラシードは人の身だ。聖女の霊力と交わった、ミシュアル王とは違う。

なによりラシードが吐き散らすのは、死病に冒され濁った喘鳴だ。

皮膚の下を走る血管は黒ずみ、その顔貌を青黒く染めている。死者にこそ近い形相のなかで、しかし落ち窪んだ双眸が凶器のようにぎらついた。

「今度こそ、大人しく死んでおけッ」

死に損ないが。

血溜まりを跳ね上げたミシュアル王が、もう一度爪を払う。恐ろしい速さで横薙ぎにされたそれを、湾刀の一撃が弾いた。

重い刃を受け流したミシュアル王が、右へ跳ぶ。だがすべるように床を蹴ったその動きは、果たされることがなかった。

「な…」

ぐらりと、ミシュアル王の爪先が縺れる。驚きに眉を上げ、両足を踏み締めようとしたが無駄だ。ラシードが切り裂いた胸から、次の瞬間どっと音を立てて鮮血があふれた。

「莫…迦、な」

裂かれた肉が、じくじくと蠕動《ぜんどう》しているのが分かる。だが、血は止まらない。食いちぎられた人差し指からも、ぼたぼたと赤い血が流れ落ちた。

「ラ…」

振りかざされた湾刀の気配に、はっとミシュアル王が頭上を仰ぐ。左腕で庇おうにも、そんなものは助けにはならない。響いた轟音と共に、固い鋼がミシュアル王の鎖骨へとめり込んだ。

「ぐがッ」

明瞭な痛みに、ミシュアル王が叫ぶ。驚きを映すその目を、燃える黄金色の双眸が睥睨《へいげい》した。

吐き出されるラシードの息は、荒い。

だがその喉を鳴らし、歯を剝き出しにさせるものは今や病がもたらす苦痛とは違う。燃え盛る怒りこそが、血で汚れた男の口元を獣のように歪ませていた。

「ラシ…」

かつては同じ旗の下で戦った者の名を、ミシュアル王が呼ぼうとする。だがそんなものに、なんの意味があるのか。

がぎ、と骨を割る音を響かせて、ラシードが埋めた湾刀を引き抜く。それは、慈悲によるものではない。もう一撃を、崩れ落ちた相手に見舞うためだ。

「ッ、ぎゃァア」

骨にまで届く刃が、沈黙を打ちのめす。

絶叫が、清らかな水面を揺らした。ミシュアル王の肉は、まだ蠢いている。血と慟哭で洗われた獣を、満月の月明かりが照らし出した。

澄んだ日差しに、ぬくもりが混ざる。

知らず唇に笑みを含み、エウロラは白磁《はくじ》の急須を傾けた。立ち上る茶の香りに、笑みが深くなる。

「エウロラ様、お客様がおいでです」

「お通し下さい」

客人が誰であるか、尋ねる必要はない。迷わず声を返したエウロラに、侍女が膝を折った。彼女が下がるのを待たず、大柄な男が扉をくぐる。

あたたかな日差しが、翳ったかと思った。無論そんなものは、錯覚にすぎない。分かっていたが、エウロラは茜色の双眸を瞬かせた。

「お久し振りでございます。ラシード王」

椅子から立ち上がろうとするのを、男が制する。

言葉の通り、久し振りに目にする姿だ。もう、三月《みつき》半になるだろうか。エウロラがカルブサイド国の王、ラシードの姿を最後に目にしたのは、王がファルハ国を立つ前の晩だった。

「息災だったか？」

低い声が、問う。

その問いが意味のないものであることは、ラシードにも分かっているだろう。だがそう口にせずにいられなかったのは、この男がやさしいからだ。

「はい。皆さん本当によくして下さいますので。王もお変わりないご様子、お喜び申し上げます」

実際のところ、ラシードの面差しは最後に見たものとは幾分異なる。少し、痩せただろうか。いや、頬の線が研ぎ澄まされ、精悍さが増したのだ。よく見れば、肩や腿には以前よりも厚い筋肉が巻いている。

「俺のことなどどうでもいい」

型どおりの挨拶が、気に入らなかったのか。うつくしい絨毯を踏んだ男が、エウロラの向かいへと腰を下ろした。

「どうでもいいなどと、そんな。大変なご活躍であったと、聞き及んでおります」

この三月半の間、ラシードには満足に眠れた夜があったのだろうか。

ミシュアル王が死んでから今日まで、月が四度欠け、そして満ちた。

もっとずっと昔のことのようにも、つい昨日のことのようにも感じる。だが確かに四度前の満月の夜、ミシュアル王は目の前の男によって殺されたのだ。

「いいように使われてきただけだ」

舌打ちをした男へと、エウロラがそっと茶を勧める。卓に並ぶ器は、二つ。よい香りを立てる茶がそこに並ぶ意味を、ラシードは正しく理解したのだろう。悪態を吐きたそうに眉間を歪め、それでも大人しく男が茶へと手を伸ばした。

「俺を、待っていたのか」

問いの意外さに、エウロラが軽く双眸を瞠る。

「勿論でございます」

この三月半、エウロラが身を置いてきたのはファルハ国の東端に近い城の一つだ。

ミシュアル王は、ラシードによって死を与えられた。だがそれで、全ての片がついたわけではない。

ミシュアル王の野望が潰えた事実は、途方もない成果だ。なにより王を討った後も、ラシードはこうして生き残った。驚嘆すべきことだ。それでもナダの神殿からの脱出は、困難を極めた。

ハカムの手配により、ルキ族の助力が得られたのは幸運だっただろう。あの日エウロラと共にナダの神殿へと急いだハカムは、死の一夜を生き延びてくれた。姉の髪で編んだ指輪が、彼を守ったのか。

エウロラが地下の泉へと降りている間、ハカムは折り重なる屍のなかからラシードの兵の生き残りを捜してくれた。姉の加護があったとしても、容易だったとは思えない。それでも彼はラシードが地上に戻るまでに、何人かの生存者を見出していた。

「もっと早く戻りたかったが、色々面倒が多くてな」

「随分東まで、進軍しておいでだったと聞きました」

非情なミシュアル王は、家臣たちから慕われていたとは言いがたい。破竹の勢いで領土を広げてきた王の死後、ゴールスは混乱に陥った。王弟が王位を宣言したものの争いが起き、そうする間に征服された地域のいくつかで蜂起《ほうき》が始まったのだ。

「サリア国の将だった者たちは、川向こうまでゴールスを追い払う肚だったようでな」

ミシュアル王亡き後のゴールス国の混乱は、当然国境を接する国々にも飛び火した。カルブサイドはその同盟国であるファルハと、ミシュアル王に征服されていたサリアを支援する形で兵を出すこととなったのだ。

「ナダの神殿は、今や廃墟同然になっていると聞きましたが…」

ラシードが出兵を決めた理由の一つは、言うまでもなくナダの神殿の地下にあった。いまだ姉が眠る泉を、ゴールス国の影響下に留めておくことはできない。ミシュアル王に征服される以前にそこを治めていたサリアを助け、神殿の奪還を目指したのだ。

「地上の神殿は、今はほとんどが打ち壊されてしまっている。そうでなくてもミシュアル王の呪いを恐れ、近づく者は少ないがな」

ミシュアル王の呪いで、家畜が死ぬ。

ゴールスが瓦解してゆく動乱のなか、ナダの神殿の周囲ではそんな噂が広がった。実際そこでは、あまりに多くの者が死にすぎたのだ。

「地下への道も塞いだ今、誰も泉に降りることはできん。当面あそこが暴かれる心配はないだろうが、状況が落ち着けば道を整え、お前の姉を真っ当な霊廟に移してやることができるはずだ」

「なんとお礼を申し上げてよいか…」

神殿の地下の泉に、なにが眠るのか。それを知る者は、限られている。

恐ろしい噂と崩れ落ちた神殿が、今は姉の眠りを守ってくれているのだ。

「礼は、無事姉君を正しい場所に移してやれてからにしてくれ」

嘆息をこぼしたラシードが、香りのよい茶を呷《あお》る。ここに来るため、随分急いでくれたのかもしれない。ちいさく笑い、エウロラは席を立った。

「エウロラ？」

「これを…」

窓際に備えられた棚の一つから、小箱を手に取る。緻密な螺鈿《らでん》で飾られたそれを、エウロラは王の前へと差し出した。

「なんだ」

「…姉、です」

両の掌を合わせたほどの箱を、エウロラはそっと開いた。

絹が張られた小箱の内側には、やわらかな枕が敷かれている。花の刺繍が施されたその上に、光沢のある指輪が身を横たえていた。

「もういいのか、身に着けていなくて」

聖女の指輪を目の当たりにしたことより、ラシードの驚きは別の所にあったらしい。

あの夜、ナダの神殿で多くの者が血を流した。エウロラ自身もまた、その一人だ。

ミシュアル王の爪がエウロラの胸を裂き、抉った。流れた血も傷の深さも、この身を死に至らしめるに十分なものだった。

だがエウロラは、死ななかった。

ミシュアル王から奪い返し、掌へと落ちた姉の指輪の力だ。暁色の髪がハカムや兵たちを守ったように、姉の欠片こそがエウロラの血と肉を癒やしてくれた。

「お蔭様で、すっかり元気になりました」

大丈夫だと笑ってみせるが、ラシードは簡単には信じるつもりがないらしい。

死者に近かったエウロラの体を、あの神殿から連れ出してくれたのはラシードだ。姉の加護があろうとも、王の尽力なくしてこの命は繋がらなかっただろう。ハカムも目を背けたという傷口を止血し、冷えた体を幾晩も抱えてすごしてくれたのもラシードだった。

「これを、ラシード王にお持ちいただけたらと思って」

そっと、磨き上げられた姉の骨に触れる。幾多の職人の指を蝕んだのだろうそれは、つるりとしたなめらかさをエウロラの肌に伝えた。

「莫迦を言うな。それはお前が持つべきものだろう」

思い描いていた通りの返答に、エウロラが唇に笑みを乗せる。

「ラシード王が聖女を必要としていないことは、承知しております。それでも姉は、必ずや王のお役に立てるはずです」

「役?」

どんな光景を、思い出しているのか。眉間を歪めた男が、もう一口茶を口へと運んだ。エウロラに触れることを、禁じられているのか。あるいはそうした自戒のせいで、指先のやり場に苦慮しているのかもしれない。

「…ラシード王は、ミシュアル王のような力をお望みでしょうか」

腕を斬り落とされようと、あの化け物は平然としていた。額を斬られても、それは同じだ。聖女の指輪をその身から引き剝がさなければ、ミシュアル王はラシードにどれほど斬られようと生き続けていただろう。

「運命を屈服させる力、か?」

相変わらず、この男は嫌になるほど勘がいい。それがおかしくて、エウロラは素直に肩を揺らした。

「おっしゃる通りです。姉の力は、あなたの身に降りかかる運命にさえ勝ると僕は考えます」

「呪われた王には、必要だと?」

ぎろりと、黄金色の双眸がエウロラを睨めつける。恐ろしい眼光を前にしても、エウロラはただ笑みを深くしただけだ。

「今日や明日、これに触れることは難しいかもしれません。ですがこの小箱に入れ、お側に置いていただければ、ミシュアル王のように泉の水を飲まずとも、いずれ姉がラシード様の指を選ぶ日が来るでしょう」

聖婚と、ミシュアル王が口にした言葉を思い出す。

あの化け物の口から聞くと、吐き気しか感じなかった。だが聖女こそが相手を受け入れ、その結果として男の呪いを濯ぐのであれば、これこそが正しく聖婚と呼ばれるべきものではないのか。

「どうぞ、お受け取り下さい」

螺鈿の小箱を、そっと差し出す。だがそれに触れることもなく、ラシードがあっさりと首を横に振った。

「いらん」

「な…。今の話を、聞いておいででしょう？　これがあれば…」

「お前こそ分かってないだけでなく、無神経にもほどがあるだろう。夫に対し、他の女を差し出す奴がどこにいる」

忍耐の限度を、超えたのか。ずい、と伸ばされたラシードの手が、エウロラの耳殻を摘まんだ。

「っ、お、王」

「さっさとそいつを引っ込めて、お前がしっかり身に着けておけ。まだ青白い顔をしているくせに」

一度触れてしまえば、耳だけでは足りないのか。立ち上がった男が、エウロラの顎に手をかける。

細部までを確かめるように、無骨な指が黒髪を掻き上げた。

「僕には、もう必要のないものです。それより、これをラシード王にお受け取りいただけなければ…」

「俺が受け取らなければ、なんだ？」

言葉の先を求めた男が、エウロラの頬骨を辿る。姉の助けがあったとはいえ、あれほど深い怪我を負ったのだ。すっかり痩せてしまった頬の線を、大きな手が慎重に確かめた。

「…今日この場に、ラシード王が足を運んで下さったことに、心よりお礼申し上げます」

それは、一点の曇りもない本心だ。

ここに今日、ラシード自身が来てくれたこと。それはエウロラにとって、これ以上ない僥倖だった。

「…僕が刑死を賜る、その日取りが決まったのでしょう？　どんな報せであれ、他の誰でもないあなた様がそれを伝えにきて下さったことに、感謝申し上げます」

もう二度と会えなくても、不思議はなかった。

エウロラが身を置くのは、大きな暖炉《だんろ》を持つうつくしい部屋だ。高い天井は寄《よ》せ木細工《きさいく》で飾られ、南東に設けられた窓からは気持ちのよい日差しが入る。

だがそれら窓の全てには、蔦《つた》を模した鉄の格子が嵌まっていた。扉には大きな錠が下がり、庭に出るどころか塔から降りることも許されてはいない。

檻だ。

エウロラが四月近くをすごしてきたのは、瀟洒《しょうしゃ》でありながらも厳重な監獄だった。

「お前の占術では、なんと出ている？」

「怪我のせいか、あるいはこの部屋があまりに穏やかなせいか、ここで視たものは解釈に窮するものが多いのです。像を結んだとしても、僕自身に関するものは願望が見せるまやかしかもしれませんし」

エウロラが視る幻視は、時として現実と見紛《みまご》うほどに明瞭だ。だが怪我を身に受けてから今日まで、それらに目を凝らすことは避けてきた。

ラシードやその兵に関する幻視はともかく、エウロラ自身の未来を視ることに意味はない。どんな結末であろうとも、ラシードが与えてくれるものを受け入れようと、そう決めていた。

「ただどのような罰を頂戴するにせよ、最期に一度、ラシード王のお目にかかりたいと願って参りました」

神殿で深手を負った者たちを、まずはどこに運ぶのか。

満月の夜を生き延びた後、ラシードは自身も怪我を負った身でファルハ国との国境を目指した。それが当初からの計画であったとは言え、ミシュアル王の死が明らかになるなか、捜索の手を掻い潜って怪我人を運ぶのだ。往路の倍ほどの時間はかかったが、それでもゴールスから脱出できたのは幸いだった。だが同盟国であるファルハを抜け、傷病者たちをそのままカルブサイド国にまで運ぶのはためらわれた。

いつ命を落としても不思議でない体で、悪路を揺られてきたのだ。これ以上の移動は、到底堪えられない。なにより生き残った者も、回復の兆しがあるとはいえ死病に蝕まれているのだ。ラシードの伯父にあたるファルハの老王も、彼らの移動には難色を示した。

ゴールスとの開戦を睨み、老王を盟主とした同盟国の兵たちが続々とファルハに集まる最中のことだ。他の同盟国の王たちも、老王に従う形で傷病者をファルハ内に留めることを支持した。

正確には、エウロラをファルハに置くことに賛成したと言うべきか。言うまでもないことだが、エウロラの身柄の取り扱いは彼らにとって大きな問題となった。

「暁の聖女の名を騙ったミシュアル王の占術師として、首を刎ねられても構わないと？」

ミシュアル王に蹂躙された国の者たちのなかには、王に仕えた聖女を憎む者も多い。加えて実際にはそれが聖女ではなく、聖女を騙る黒髪の占術者だと分かるや、断罪の声は大きくなった。

「刎ねられるだけの理由は、十分にあります」

エウロラこそが、人々を苦しめた死の泉であると。

姉とミシュアル王の顚末を含め、その事実はラシードからファルハ国の老王へ伝えられることとなった。ラシードの判断であるのなら、否はない。

ラシードにとっても、老王はエウロラを預け、事実を告げるに値する相手なのだろう。ゴールスへの出征を前に協議を重ね、傷を負ったエウロラは老王預かりの身となった。そして、この鍵のかかる部屋に収められることとなったのだ。

「その身を挺し、ミシュアル王から数多の国を守ったお前にか？」

厳つい指先が、長衣の上から鎖骨を辿る。傷口に触れることには、躊躇があるのだろう。鼻面に皺を寄せた男に、エウロラは首を横に振ってみせた。

「僕が擲《なげう》ったものなど、なにもありません。僕はただ、奪っただけです」

死なせてしまうと、分かっていた。

神殿に瘴気を撒けば、どうなるか。ラシードが振るう剣とは、全く違う。善き人も悪しき人も区別なく、全てを殺してしまうと分かっていた。それでも、自分は躊躇しなかったのだ。

もしもう一度、同じ決断を迫られたらどうか。

その時も、おそらく自分は迷わないだろう。

ラシードのため、姉のため、ミシュアル王を止めるため、理由は山とあるかもしれない。だがきっとそんなものは、関係ないのだ。言ってしまえば、瘴気を纏う能力があるかどうかでさえない。

決断が下せるか、否か。

自分は冷徹に死をもたらし、結局のところそれを本質的には悔いていないのだ。

「お前があの夜なにをしたのか、それを知る者は限られている」

「そう…なのですか？」

誰に、なにをどこまで知らせるのか。それは慎重に、判断されているということだろう。

「ファルハ王がそう決めたことだ。同盟国の領主たちにも、お前の姉の件を含め詳しくは知らされていない」

だが、と言葉を継いだラシードが、エウロラの頬にかかる黒髪を指で払った。

「だがその上でも、お前の才を脅威だと感じる者は多い」

ミシュアル王の元で、これまで自分がどんな託宣を伝えてきたか。瘴気との関わりを別にしてさえ、罰を与えたいと考える者が多いのは当然のことだろう。

「お前をカルブサイドに連れ帰らせることなく、この塔に留め置くべきだと言う者もいる。誰か一人がお前を独占することがないようにな」

聖女ではなくとも、占術師として再び誰かに利用される日がくるかもしれない。それを懸念するのもまた、致し方のないことだ。

「お前が言うように、いっそミシュアル王に連座し、刑に処すべきだと口にする者もいる」

「当然のことと存じます」

あの夜ナダの神殿で、姉と共に葬られていても不思議はなかった。いやむしろ、そうすることが誰にとっても簡単な結末であったに違いない。

「皆が皆、自分の都合でものを言うお蔭で、ファルハ王も随分苦労させられたようだ」

辟易と息を吐いたラシードが、互いの間に置かれた卓を回り込む。目の前へと迫った男の体軀に、エウロラは長い睫を伏せた。

「どのような罰であれ、ラシード王がお運び下さったものであれば、喜んで頂…」

「斬ってきた」

平淡に告げた男が、卓へと腰を引っかける。行儀悪く巨軀を預け、黄金色の双眸がエウロラを見下ろした。

「…なんと?」

「斬ってきた。厚顔にもお前を批難した、あるいは俺が連れ帰ることを羨《うらや》み、口出しできると思い上がった者たちを、同盟の王であろうが旧知の将であろうが、構わず皆斬ってきた」

こともなげに告げられ、エウロラが瞬く。

それは、どんな意味か。言葉を失う茜色の瞳へと、ラシードが深く身を屈ませた。

「視えなかったのか？　いや、聞こえなかったか？　阻む者たちを斬り伏せて、俺がここまで上ってくる音が」

まるで茶の香りを、話題にでもするような口吻だ。平然と扉を示され、息が詰まる。

なんの声も、聞こえなかった。盗み見たラシードの手や袖にも、血の汚れは飛んでいない。

だが、この男ならば。

ラシードならば、返り血を浴びることもなく衛兵を斬り伏せられるのではないか。どんなことであろうと、肚を決めればそれをなし得る力が、男にはあるのだ。

「王…」

「嘘だ」

お断りになったならば、今すぐここを出るべきです。

迷わず告げようとしたエウロラの鼻先で、男が首を横に振った。

「…な」

今度こそ、二の句が継げない。目を剝くエウロラを、さすがに不憫《ふびん》に思ったのだろう。笑みを交えることなく、ラシードが鼻先へと唇を押し当てた。

「嘘だ。ぐだぐだと理屈を捏ねる莫迦どもを、今日のところは斬らずにすませた。だがことと次第によっては、すぐ現実になる」

それは冗談でも、罪のない大口を叩いているわけでもない。必要と断じれば、ラシードは躊躇なく己の言葉を実行に移すだろう。いやそれどころか、今日は実際に、それに近い場面があったのかもしれない。

「い、いけません、そんなこと…」

まさかこの塔の下で、王は同じことを宣言したのか。これ以上無駄な議論を続けるつもりなら、なにが起きても不思議はない、と。

この三月半の間、戦場におけるラシードの活躍は閉ざされた塔の上にさえ頻々《ひんぴん》と届いた。その働きを間近に見てきた者たちにとって、王の言葉がどう聞こえたかは想像するまでもないことだ。

「俺たちはミシュアル王を討ち、同盟の王たちとの約束を果たした。お前の傷が回復し、俺が戦地から戻った今、ファルハ王はともかくそれ以外の連中に、お前の今後について口を出されるいわれはない。これ以上邪魔をするつもりなら、次はゴールスではなく俺と争うことになると伝えてやった」

「そのような…」

騎馬の民からエウロラを献上され、それを連れ帰ったのはラシードだ。どんなものであれ、戦利品に文句を言われる筋合いはない。確かにそうだが、王たちに突きつけるには些か直截すぎる物言いだったのではないか。

「帰るぞ」

手を取られ、エウロラが茜色の瞳を瞠る。

「どうした。…嫌なのか」

帰るとは、どこへ。今日ここにラシードが来てくれただけで、稀な幸運だとそう思った。これを胸に死ねるのなら、願ってもないことだ。

それ以外に、自分が行くべき場所などどこにある。慎重に睫を揺らしたエウロラの顎を、大きな掌が引き上げた。

「おい」

「…僕は、魔物です」

私が化け物なら、お前はなんだ。

月明かりを浴びる神殿の地下で、ミシュアル王はそう嘲笑《あざわら》った。あの男のどんな言葉にも、耳を傾ける価値などない。分かっていても、その言葉から目を背けることだけはできなかった。

「お前がたとえ、瘴気をその身に抱こうとも…」

「そうではありません。…いえ、それだけでなく…」

思わず唇をこぼれた声の大きさに、ぎくりとする。違う、わけではない。ラシードが言う通り、自分が卑《いや》しい死の化身であることは、揺らぐことのない事実だ。

「…僕が瘴気を繰ることは、事実です。その血を以て、ラシード様の身を危険に晒してしまったことも」

血を飲んでほしい、と。そう懇願した時、エウロラにどれほどの勝算があったのか。正直に言ってしまえば、全ては幸運に恵まれた結果でしかない。ラシード以外にも、自分の血が同じ結果をもたらすとも思えなかった。そもそもこの幸運が永続するのか、あるいはラシードの血を汚したにすぎないのかすら、エウロラの千里眼を以てしてもいまだ明確には分からないのだ。

「ですが、それだけでなく、僕は…」

続けようとした声が、掠れる。

細くふるえる息は、嗚咽に近い。だが涙をこぼす資格など、自分にはないのだ。

「エウロラ」

「…姉を殺したのは、僕です」

はっきりと響いた自分の声に、咽頭《いんとう》の奥が氷のように冷える。音を立てそうな奥歯を嚙み締め、エウロラはふるえる息を啜り上げた。

「…うつくしい暁色の髪を持つ姫が生まれた時、ヒィズドメリアの国中が喜びに沸きました。でもその聖女の首には、黒髪の弟の臍の緒が巻きついていたのです」

何故僕たちは、二つに分かれて生まれてきたのか。

母の腹に宿ったのが、姉一人だったなら。そうであれば、彼女は輝きだけを携えて、長く続く幸福な日々を歩めたはずだ。

だが彼女の傍らには、弟という影があった。姉の輝きとは似ても似つかない、死の影が。

「姉は、産声を上げなかった。典医によって命は助かりましたが、姉は喋ることができなくなった」

言葉だけではない。姉は、それ以外の多くのものも失った。その事実がどれほど父や母、神殿に奉仕する者たちを怯えさせたかは、想像にかたくない。

「父は僕を恐れ、殺そうとした。当然のことです。むしろ僕の特徴を思えば、そうしておくべきだった」

迷いのないエウロラの言葉に、ラシードの双眸が剣吞な光を帯びる。

だがそれは、単純な事実だ。エウロラは、自分がどんな人間であるかを知っている。長じた自分がその後なにをしたのかを考えれば、父王の決断を責める気持ちにはなれなかった。

「でも姉が、僕を救った」

痛みに近い熱が、音もなく肺のなかで暴れ回る。

姉と、そう呼びかけるだけで、自分でも動揺するほどに声がふるえた。

「赤ん坊だった姉が、僕の手を握って、放さなかったそうです。僕がいないと、姉は泣き続けた。仕方なく、父と母は僕と姉を共に育てることにしました」

姉には、黒髪の弟を許さなければいけない理由などなかった。

弟によって、幼子のまま時間を止められてしまった姉。だが彼女は、他の全てを愛するのと同じように、弟を愛した。

愛する価値があったとは、とても思えない。それでも彼女は弟の手を握り、笑い、許しさえしたのだ。共に同じ寝台で眠る彼女はあたたかく、エウロラの世界にただ一つの灯火を点した。

「その姉を、ミシュアル王は喰った」

憎悪は消えることも、薄れることもない。あれほど凄惨で、慈悲の欠片もないミシュアル王の最期を目の当たりにしてさえ、エウロラの心は動かなかった。

叶うなら、何度だって殺してやりたい。許すどころかそう願うのが、聖女の影であるこの僕なのだ。

「僕を喰うように、何度も懇願しました。それでもミシュアル王が姉を選んだのには、様々理由があります。僕が、汚れていたから。姉が聖女だったから。…僕は言葉で託宣を伝えられるけれど、姉は喋れなかったから」

姉の運命は、生まれたあの日に決まっていた。

黒髪の魔物という影すらも慈しんで生まれた、あの日に。

「…お分かりになったら、どうかお帰り下さい」

涙は、こぼれない。訣別《けつべつ》を告げる声はやわらかく、そして穏やかに響いた。

ラシード王がカルブサイド国へと帰還した後、ファルハ王がこの塔にエウロラを留め置いてくれるかは分からない。だが同盟国のなかには、それを支持する者もいるのだ。遠くない将来、やはり首を斬るべきだと、そんな裁決が下されるかもしれない。だがそれまでは、この鍵のかかる部屋に大陸に脅威をもたらした占術師を幽閉してくれるのではないか。

「姉を連れて、お一人で…」

お帰り下さい。繰り返そうとしたエウロラの視界が、揺れる。頑丈な手で腰を引き寄せられ、目の前に巨軀が迫った。

「な…」

向かい合う形で担ぎ上げられ、爪先が宙を踏む。驚く痩軀を、逞しい腕が易々と捕らえた。

「お、王…！」

一緒には、行けない。それがエウロラの答えだ。だが真っ直ぐに扉へと足を向けられ、エウロラは痩せた体をもがかせた。

「おやめ下さい、王！」

「暴れるな」

駄目だ。絶対に。

扉を開こうとする男に、ふるえる手で拳を握る。振り落とされても、構わない。火がついたように暴れるエウロラを、二本の腕が引き寄せた。

「放して下さい！　王！　王…！」

泣き叫ぶに、等しい声だ。

泣いてはいけないと、知っている。むしろ笑って、送り出すべきだ。分かっているのに、強い力で搔き抱かれると、ぐら、と大きく体が傾いだ。

「っあ…」

もう担がれているのか、取り押さえられているのか分からない。縺れるまま爪先が床に落ちて、エウロラの背が扉に当たった。

「王…」

「喜べ」

履き物を失った白い足が、よろめきながら床を踏む。ずるずると扉伝いに体が沈んで、大柄な王の影へと呑み込まれた。

「俺はお前の姉より、いくらか頑丈だ」

「っ…」

エウロラごときが暴れたところでなんの痛痒《つうよう》もないと、そう言いたいのか。床へと蹲った痩軀を追って、ラシードもまた深く膝を折った。

「放…」

「重ねた罪を告白しろと言うなら、俺も負ける気はしない」

呪われし、禍の王。兄弟殺しの、簒奪者。

ラシードが踏み締めてきた道は、うつくしい花が咲き乱れるだけのものとは違う。自らの血で描かれた地図を握り、夜と怨嗟の底を這い進む道だ。そこでどんな光景を、見てきたのか。男は決して、それを忘れてはいないだろう。

「聞きたいか？」

低い声が、額に落ちる。黒々とした影が頭上を覆って、男の肌の匂いが近くなった。

「…ぁ」

自分が姉に、どんな仕打ちをしてしまったのか。その事実を、エウロラはこれまで一度たりとも言葉にしたことはなかった。話したいと、思ったこともない。

告白で胸が軽くなるのは、そうすることで罪が減じられる者だけだ。罪を犯した者自身がそれを許す気がないのであれば、どんな告解《こっかい》も傷口を錆《さ》びた刃で辿る行いでしかない。

「フェルマシェでの、最後の晩の話だって構わない」

飛び立った鳥の群れと、血にぬれた口と牙。

いつかの日暮れ、天幕で覗き見たラシードの傷痕が脳裏を焼いた。思わず動いた右手が、男の唇へと触れる。

そんな必要はないと、懇願しようとしたのか。あるいは牙を、確かめようとしたのか。エウロラが顔に触れても、王は振り払おうとはしなかった。

「お前が聞きたいなら、なんだって話してやる」

真実を。

それはきっと、口先だけの言葉ではない。

エウロラが望みさえすれば、王は全てを話してくれるだろう。あの死の街で、なにがあったのか。

誰がラシードと同胞を裏切って、その左腕に無惨な歯形を刻んだのか。その人物が、どんな最期を迎えたのか。

それらを語ることは、人が生きながら荼毘に付されたあの街に戻ることを意味する。そうだとしても、ラシードは何一つ隠すことなく語ってくれると、そう言うのだ。

「駄目です…。僕は…、僕では、贖いには届かない」

姉とは、違う。

ふるえる声を絞ったエウロラの肩を、大きな手がさすった。

「そうだな。お前は、お前の姉とは違う」

その通りだ。聖女でないどころか、この身は罪人なのだ。そしてその罪は、消えることがない。

「だが、それがなんだと言うんだ」

「ラシ…」

頰に触れたエウロラの手に、ぐ、と男が鼻面を擦り寄せる。頑健な体軀が作る影が暗さを増して、黄金色の双眸が鼻先で光った。

「聖女ではないお前など、俺の聖婚相手には相応しくないか？」

ラシードと結ばれるに足る相手がいるとすれば、それはやはり姉だろう。欠けるところのない、慈悲の聖女。王を蝕む呪いがどれほど禍々しくとも、姉ならばいずれはその全てを濯げるに違いない。

「そんな戯れ言、糞食らえだ」

吐き捨てられ、華奢な咽頭から尖った音がこぼれる。言葉の汚さとは裏腹に、あたたかな唇が掌へと、そして指先へと口づけた。

「でも、僕では…」

「言っただろう。俺と罪深さを競うつもりなら、自分が勝つなどとは思い上がらんことだ」

なんという言い種《ぐさ》か。傲慢に言い放った男が、だが、とエウロラの指先に甘く歯を立てた。

「だが俺は罪を贖いたいとも、贖って欲しいとも、そんなこと一度たりとも考えたことがない」

「っ…」

掻き毟りたいほどの熱が、喉を焼いて眼底に届く。

それは虚勢とは程遠い、本心なのだろう。

贖いなど、王は欲していない。どんな道を歩もうとも、そこで踏み拉いた何物からも、ラシードは自らの血を濯ぎたいなどと考えてはいないのだ。

「お前がいい」

唇が、指先を吸う。ふるえる人差し指を、冷えきった小指を。深く首を伸ばした男の口が、意外な慎重さでエウロラの睫へと触れた。

「俺の罪を、濯ごうなどと考える必要はない。お前は今でも十分、俺を癒やしてくれているのだしな」

「…癒やす、など」

それはエウロラから、最も遠い言葉だ。

この身は、何者も救えない。

できることは、傷つけることだけだ。誰かを踏みつけ、嘆かせ、死に至らしめる以外、自分にできることはなにもなかった。

「気づいていないのか？　確かに少々、刺激は強いがな」

だが、そこがいい。

べろりと、瞼を舐めた男の息が揺れる。

「な…」

笑って、いるのか。しかもなんという、明朗さだ。

薄い瞼に口づけを重ねた男が、これ以上ない快活さで肩を揺らした。

「王、駄目です。あなたは姉こそを…」

姉こそを連れて、帰るべきだ。咎め、そう訴えようとした唇に、嚙みつかれる。黙れと吠《ほ》える代わりに、逞しい腕で引き寄せられた。

「俺の聖婚相手を、勝手に決めようとするな」

この世で最も崇高な聖女だろうと、そんなものはほしくない。不遜《ふそん》にもそう言い放った男の腕が、強張る体を抱き竦めた。

「放…」

抗わなくては。頭では、分かっている。それがラシードのために、自分ができる唯一のことだ。だが硬い胸板に鼻が埋まると、どうしようもなく奥歯がふるえた。

「俺の運命くらい、俺が決める」

風が雲を散らすことがあったとしても、月は揺るぎなく天上に君臨する。それこそが、変えがたいこの世の理だ。

それでも。

それでもこの男なら、月にさえ背けるのかもしれない。

「お前が、俺の花嫁だ」

託宣よりも確かな声が、耳殻を囓る。頷くことは、罪なのに。唇へと落ちた男の口に、エウロラは望んで歯列を開いた。


透明な日差しが、目を射る。

紗《しゃ》を下ろしていても滲む陽光を、今日ほど憎らしく思ったことはなかった。

「…ぁ、ラシード、様…」

制止を、求めようとしたわけではない。それでも、名を呼ばずにはいられなかった。

三月半の間に、すっかり見慣れてしまった天蓋が目に映る。

ファルハ国王が与えてくれた寝台は、絹と毛皮で調えられた豪華なものだ。安心して、傷が癒やせるように。そう気遣われてすごした夜具の上に、エウロラは再び身を横たえていた。

「痛むのか？」

低い声が、問う。

疑り深い響きに、情欲の色は滲まない。それにさえ、恥ずかしさが増す。身動いだ痩躯を、いくつもの傷を重ねた手が撫で上げた。

「んぁ…」

部屋の扉には、おそらくもう錠は下ろされていない。だがラシードは、それを開いて塔を降りようとはしなかった。口づけに喘いだエウロラを、頑丈な腕がもう一度担ぎ上げたのだ。今度は暴れなかった痩躯を、寝台へと下ろされた。

「いえ、ぁ、傷は、もう…」

寝台に膝で乗り上げた王が、右の乳首へと親指を擦りつけてくる。ぷっくりと腫れてしまった乳頭が指に引っかかり、いたたまれなさに鼻が鳴った。

「っあ…、ん」

この瞬間、肉体が感じている痛みは一つもない。左胸に走る、傷痕もそうだ。

ミシュアル王の爪に抉られ、ラシードによって止血されたそれには、今はもう新しい皮膚が張っている。

親指でくにくにと乳首を摘まみながら、ラシードの眼が傷痕を注視するのが分かった。

傷を、検めてもいいか。

低い声で求められれば、首を横に振ることなどできなかった。戸口から寝台へと運ばれて、長衣を剝かれたのだ。

自分で、腰紐を解く間さえない。エウロラが覗かせた、わずかな逡巡にさえ飢餓を煽られたのか。厳つい手が毟るように釦を外し、それを引き抜いた。

「王…」

恥ずかしさに喘いだ胸の動きが、傷痕を微かに歪ませる。その形を、正確に確かめようというのか。ぬ、と突き出された舌が、健常な皮膚と引きつれた肉との境界を動いた。

「ひ、ァ」

「本当に、塞がっているんだな」

皮膚が間違いなく、傷を覆っているのか。どこにも、炎症の火照りはないのか。入念に眼を凝らし、指で触れるだけでは飽き足らないのだろう。舌先までをも使って、何度も確かめられた。

「ぁ…、ご典医は、そう…」

感染症に見舞われなかったのは、なによりの幸運だ。それでも最初の二月《ふたつき》は、まともに体を起こすこともできなかった。出征するラシードを見送ったのも、この寝台だ。だが暑さがやわらぐにつれ、傷を庇わず動けるまでに回復した。

「そうか」

大きく息を吐いた男が、その形のまま口を重ねてくる。まるで牙を持つ獣に、囓りつかれているみたいだ。口全体を傷口に重ね、じゅるりと甘く吸い上げられる。

「んん、ぅ…」

声がもれたのは、口腔の熱さのせいだけではない。

太い指が深々と、エウロラの尻に埋まっていた。

あの無骨な指が、二本もだ。思い描くだけで、首筋に汗が滲んでしまう。

口づけに息を切らす痩軀を寝台へと転がし、ラシードは典医が与えた軟膏を手に取った。とろりと粘つくそれを、迷うことなくエウロラの尻へと塗りつけたのだ。

「ぅ…、あ」

ぐぷぷ、と恥ずかしい音を立てて、太い指がエウロラの内側を掻く。ラシードの指は、決して乱暴ではない。だが迷うこともなく、狭い穴を進んだ。ごつごつした関節に粘膜と皮膚との境界をくすぐられると、逃げ場を探すように腰が浮いてしまう。

「んぅ、は…」

恥ずかしい。

ここはファルハ国で、この寝台は静養のため国王から貸し与えられたものだ。そんな場所で自分は、なんて格好をしているのか。

罪悪感に眩暈がするが、しかしラシードの指で軟膏を擦り込まれると、どろりと脳味噌が蕩けた。

淫蕩な魔物。

毒のような罵りが、耳に蘇りそうになる。そんなこと、あるはずがない。そう思いたいが、為す術もなく熱に呑み込まれる自分は、どう足掻いても聖なるものとは似ても似つかない生き物なのだろう。

き込んだ。

「エウロラ」

噛み締めた唇を、痛みに耐えるものと考えたのか。ぐり、とぬれた穴を捏ねた男が、茜色の瞳を覗
「違ぁ…」

首を横に振りたくても、ぞわぞわと腹を脅かす痺れに上手くできない。試すように指を曲げられ、射精してしまいそうな衝撃に背筋が撥ねた。

「っ、ひぁ」

悶え、寝具をずり上がろうとした肩口へと唇を落とされる。もう、と声にしたつもりだ。だが呻きにしかならなかった訴えに、ラシードが顔を寄せる。

「どうした。苦しいのか？」

吹きかけられる息は、ぬれて熱い。それでも覗き込んでくる眼には、エウロラを見定めようとする冷静さがあった。

もどかしさに、膝がふるえる。

「…ぁ、…大丈夫、ですか、ら…」

もう、と繰り返したエウロラに、黄金色の双眸が鈍い光を帯びた。

自分のはしたなさに、鼻腔の奥が微かに痛む。だが、どうしようもない。

こんなにも丁寧に扱われた経験など、エウロラにはないのだ。いやラシードは常に、自分を大切にしてきてくれた。それでもこれほど時間をかけ、入念に指を使われると息が切れる。苦しいくらい鼓

動が胸を叩いて、頭の奥が熱に濁った。

「う、あァ…」

にゅる、と詰め込まれていた体積が一息に退く。敏感な場所を掻き上げられる刺激に、ぞわっと首筋の産毛が逆立った。思わず撥ねた膝を摑まれ、指の抜け出た穴を覗き込まれる。

「っや、王…」

体を丸めて視線を遮ろうにも、足の間に陣取られていては難しい。なによりもう手にも足にも、満足に力は入らないのだ。

「大丈夫だなどと、言うな」

吐き捨てられた声は、叱責に近い。だがそれがエウロラを責めるものでないことは、すぐに分かった。ぎ、と奥歯を嚙んだ男が、歪んだ唇を腿の内側へと擦りつける。

「ぃ、あ…」

「言っただろう。お前は刺激が強い」

唸るようにこぼされたそれは、苦い笑みを含んでいなかったか。

「っァ、な…」

癒やされる。だがお前は少々、刺激が強い。

それは先程、ラシードが口づけの狭間で与えてくれた言葉だ。

果たして今、王が揶揄した刺激とはなんであるのか。言い訳のしようがないと分かっていても、自分のはしたなさを指摘されれば爪先が悶える。指で拡げられていた穴へと顔を寄せられ、恥ずかしさに首筋を汗が流れた。

「ラシ…」

「苦しかったら、言え」

低く伝えた男が、もう一度尻の穴へと指を入れる。

にゅぷ、と空気を潰す音を立て、中指が深くもぐった。軟膏でたっぷりと潤ったそこは、指の動きを阻まない。ずっぷりと指のつけ根までが一息に進んで、その圧迫に声が出た。

「んんぅ、あ…」

「確かに奥は、やわらかそうだが」

指を横に引いて確かめた男が、親指の腹で会陰を探る。不意に外側から加えられた刺激に、びくん、と性器がふるえた。

ラシードの手に押し上げられるまでもなく、それはすでに芯を持ち反り返ってしまっている。全てを視界に収める男が、ぐりり、と親指を丸く動かした。

「ここは、気持ちよさそうだな」

「っは…、んぅ」

そんな場所に、性感に繋がるなにかがあるとは思えない。だがぞろ、と硬い指で圧迫されると、腹の奥が重く痺れた。

「…ァ、や、それ…」

やめてほしいと、言おうとしたはずだ。自分の手だって、そんなふうに動かすのは刺激が強すぎる。

上手く声にできず喘ぐと、ぬぽ、と音を立てて尻の穴から指が抜け出た。

「ひ、ぁ…」

奥歯を噛んでやりすごそうにも、腹の奥を捏ねられればどうしたって苦しい。いじられた会陰の、ずっと奥だ。ふっくらと腫れたような場所から指が退いて、反り返った性器が揺れた。

「してほしいことも、ちゃんと言え」

この身を死の淵から救い、連れ帰ったのはラシードだ。王にこそ、自分を好きに扱う権利がある。それにも拘らず、この熱のなかでそれを言うのか。

「ぁ、王…」

呻いたエウロラの下腹を、男がもう一度覗き込む。ふっくらと腫れ、つやつやとぬれた穴を隠すことはできない。びく、とふるえてしまった性器を、男が間近から捉えた。まじまじと視線を注がれるそれは、いまだ射精には至っていない。だがすっかり先端をぬらしているそこへと、王が深く屈んだ。

「っ、な…」

胸の傷に舌を這わせたのと、大差ない。犬のように舌を突き出した王が、べろ、と赤く潤んだ先端を舐めた。

「ひァ、あ…、あ」

なんて、ことを。

危うく射精してしまいそうになった性器を、反射的に両手で摑む。自慰よりも、余程懸命な姿勢だ。

その苦悶と健気さを見下ろし、ラシードが体液の味が残る舌を動かした。

「我慢するな。好きな時に出せ」

こともなげに告げた男が、自らの帯を解く。

紗に遮られていても、寝台は十分すぎるほど明るいのだ。だがそんなもの、ラシードにはまるで問題にならないのだろう。邪魔そうに裾を撥ね除けた男が、暑さに耐えかねたように長衣を毟った。

「あ…」

視線を向けるのは、不敬なのかもしれない。そう思ったが、目を閉じることはできなかった。

厚みのある体軀は、自分とはまるで違う。見覚えのない傷を肩口に見つけ、知らずエウロラは手を伸ばしていた。

「かすり傷だ」

肩口に斜めに走る傷は、まだ新しい。

今回の遠征で、刻まれたものだろう。肩口以外にも、二の腕や腿には赤黒い痣が広がっていた。そもそもミシュアル王に刻まれた傷がまだ癒えないうちに、再び戦場へ戻ったのだ。矢傷が残るだろう脇腹を確かめると、男が低く笑った。

「そんな顔をするな。俺は頑丈だと言っただろう」

恐る恐る脇腹を探ったエウロラの指に、ラシードが手を重ねる。

男の言葉通り、あれほどの矢傷を受けていた脇腹にも、炎症の気配は見当たらない。歪な傷痕を撫でたエウロラを、硬い指が引き寄せた。

「ぁ…、僕、だって…」

ラシードには、無論遠く及ばない。それでも自分は、王が気遣ってくれるほど繊細ではないのだ。凶王と懼れられる男を冷徹に利用し、目的を遂げようとした程度には太々しい。無垢な聖女を扱うように、大切にしなければいけない道理はなかった。

「確かにな」

納得したわけではなく、その懸命さがおかしかったのか。声を出さずに笑った男が、冷えた鼻先へと鼻面を擦り寄せた。

「んぁ…」

れろ、とエウロラの唇を舐めた男が、獣のように膝で進む。そうしながら絡めた指を股座へと導かれ、声がもれた。

「あっ…」

大きく押し広げられた内腿に、引き締まった王の腹部が直接当たる。その硬さにも驚くが、腹に着くほどに反り返った陰茎の形はどうだ。ずっしりと重そうな肉に白い手を重ねられ、詰まった息がこぼれた。

「っ…」

これを、入れるのだと。

視覚から教えられるだけでも、十分怖い。それを直接手に擦りつけられ、熱さと質量とに大きく喉が鳴った。

「お前を、侮るつもりはない」

だが、と深く息を吐いた男が、エウロラの指ごと陰茎を扱き上げる。刺激されなくとも、それはもう十分膨らんでいるのだ。エウロラの指を汚した肉を、べち、と尻の狭間へと擦りつけられた。

「ひ、ァ…」

「だがそうだとしても、お前に傷などつけたくはない」

自分の怪我は、かすり傷だなどと言うくせに。

首を横に振ろうとしたエウロラへと、ぐ、とラシードが重い腰を落とす。十分に潤った、穴の真上だ。体重をかけて伸しかかられると、充血した入り口が押し開かれるのが分かる。

「あァ、王…」

ぬぐ、とぬれた音を立てて、太い肉が沈んだ。

摑んだ腰を引き上げられると、どうしたって尻が上を向いてしまう。全てを見下ろす男が、慎重に、しかし躊躇することなく腰を進めた。

「っあ、うぅ…」

傷を受けた左の胸で、心臓が痛いくらい脈打つ。だが実際感じているのは、痛みよりも苦しさだ。圧迫に、苦悶に近い声が出る。それでも神聖さの欠片もないこの肉体は、その苦しさすら悦びに変えるのか。ゆす、と試すように腰を揺らされると、思いがけない性感に爪先が撥ねた。

「は、っあ、駄…」

大きく膨らんだ先端が、ごりり、と腹の奥を押し潰すのが分かる。そんな場所に、なにがあるのか。時間をかけて捏ねられる苦しさに、開きっぱなしの唇から声がこぼれた。

「奥が、辛いか？」

問う声に、低い呻きが混ざる。

冷静さを捨てきることのないその響きに、踵が揺れた。

「…ぁ、違…」

辛いか、と問われたら、辛くないわけはない。だがいやかと言われれば、決してそうではないのだ。

「違うのか？」

とろりとぬれたエウロラの声音を、取りこぼすことなく拾ったのだろう。健気な訴えを褒めるように、深く屈んだ男が鼻筋を舐めた。

「ん、ァ」

口づけをされたみたいに、舌のつけ根がじわりと痺れる。あ、と鼻にかかった呻きをもらすと、宥める動きで腰を揺すられた。

喉元に届きそうなほど深々と、男の陰茎が埋まってしまっている。いや、もしかしたらこれでもまだ、丈の全てが収まったわけではないのか。思い描くだけで、どろりと背筋が溶け落ちる心地がした。

「…んぁ、っあ」

「エウ…」

エウロラ、と。

名前を呼ぼうとした唇が、迷う。

こんな熱のなかでは、聞き逃してしまいそうな逡巡だ。だが心臓に食い込んだ痛みが、それを許さない。喘ぎ、エウロラはふるえる瞼を押し上げた。

「僕、は…」

絞り出した声が、掠れる。嗚咽じみて響いたその声に、ラシードが顔を寄せた。

「僕ら、は…、エウロラ」

お前の名前は、なにか。

荒野で初めて引き遭わされたあの夜、ラシードはそう尋ねた。

「お前、たち?」

覗き込んでくる王の眉間に、深い皺が寄る。大きな掌で右の脇腹をさすられると、陰茎を呑む穴がうねるように締まった。

「っァ…、誰も僕に、名前を、つけなかった…」

黒髪の、魔物。

暁の髪を持つ姫の誕生を、ヒィズドメリア国の全てが心待ちにしていた。だが待望の姫が産まれた時、その首には恐ろしい影が絡みついていたのだ。

悲嘆に暮れる王妃は、黒髪の弟を決して腕に抱こうとはしなかった。それは、王も同じだ。姉と並んでやわらかな寝床に寝かされはしたが、弟の名前を呼ぶ者は誰もいなかった。

「つくづく、身勝手な奴らだな」

低く吐き捨てた王が、エウロラの腰を両手で摑む。逃げたいと、思ってなどいない。それでもずり上がってしまっていた体を、無造作に引き戻される。膨れきった亀頭がごちゅ、と腹の奥を叩いて、溶けた軟膏が穴からあふれた。

「…ひァ、っ、あ」

目の奥で、鈍い光が散る。

ずっしりと重い肉がぶつかったのは、行き止まりだと思える深い場所だ。ごつん、と鈍い音が内臓に響く心地がして、エウロラ自身の性器が撥ねた。

「あっ、は…」

「エウロラは、お前の姉の名前か？」

名づけられたのは、姉だけだったのか。

剣呑と思えるほどの声で問われ、思わず首を横に振る。だが正確には答えは諾《だく》であり、否だ。

「ぁ…、姉は、エウロラ…」

だけど、と続けた声が、泣き声めいて揺れる。んく、と鳴ってしまった鼻に、焼けるように熱い唇が落ちた。

「だけど…、皆、そう、呼ばなかった…」

姉は、暁の聖女と呼ばれた。

あるいは暁の巫女。清らかな暁の姫。

エウロラと、稀にそう呼ぶ者もいた。だが両親でさえ、彼女を聖なる者と呼んだ。

姉以上に罪なき者は、確かにいない。彼女は生まれながらにして、人の名以上のもので呼ばれてきたのだ。

「…腹立たしい限りだな」

「っぃ、あっ」

容赦のない舌打ちが、唇を掠める。獣めいた唸りをこぼした男が、にゅるりと一度、大きく腰を引いた。

くっきりと血管の形を浮き立たせた陰茎が、敏感な場所を掻き上げる。腹側を狙う形でごりごりと抉られると、気持ちのよさに爪先が丸まった。

「ひ、ァあ、あ…」

「いいように、お前たちを利用しやがって」

どろつく熱の底では、ラシードでさえ制御を欠くのか。口汚く罵られ、びく、と体が強張る。

同時にどうしようもない痛みが鼻腔を掠めて、エウロラは肩をもがかせた。

「…っ、ぅ」

「おい」

苦しいのか、と、そう問おうとしたのだろう。動きを止めかけた男に、エウロラはふるえる腕を伸ばした。

「エウ…」

肺の奥で弾けたのは、笑い声のはずだ。だが唇を越えたのは、泣き声に近い息だけか。それでも、エウロラは薄い肩をふるわせた。

「っ…、ありがとう、ございます…」

呪われた凶王などと、人々はラシードを呼ぶ。

その名に相応しい死と腐臭の底を、男は今日まで這い進んできたはずだ。聖なる者の加護を最も必要とする、その捕食者。だがそうした立場にある男こそが、この瞬間誰よりも真っ当な怒気を滲ませるのだ。

「ぁ…、聖女のために、怒って、くれた、のは…、あなたが…」

何故お前だけが、支払う必要があるのか、と。

聖女を持て囃し、それに縋ってきた者たちこそが、その女のために身を投げ出すべきではないか。

そんな言葉を口にした者は、ラシード以外他にない。誰しもが崇敬を叫んで聖女へと手を伸ばし、求めるものを毟り取っていった。

つきることのないやさしさ、献身と慈悲。時には、毒であると忠告された血と肉までも。

「王が、初め、て…」

闇夜の髪の弟には、名前さえ与えられなかった。

暁の髪の姉には名前こそ贈られたが、それを呼ぶ者がいなかった。理不尽だと、嘆いたことはない。

エウロラにとっての現実は、常にその理不尽を当然のものとしてきた。

忌まれることも、唾棄されることも、利用されることも、そうされるだけの理由がこの身にはある。

それは頭上で満ちては欠ける月と同じく、厳然として揺るぎないものなのだと、ずっとそう考えてきた。

「あなた、が…」

これ以上皮肉なことが、あるだろうか。この、男が。この男だけが。

こんな熱の直中にありながらも、おかしくて仕方がない。声を上げて笑ってしまいたいのに、唇からこぼれるのは、子供のようにふるえる息だけだ。

「…糞」

一体今日は何度、罵れば気がすむのか。

ぬれた目元を舐めた王に、新しい笑い声が込み上げる。だがやはり音になったのは、掠れた息だけだった。

「エ…」

エウロラ、と思わず呼びかけようとして、王がそれを舌打ちで殺す。

本当に、ラシードはやさしい。しゃくり上げるような息を収めることができなくて、エウロラは精一杯重い腕を伸ばした。

「っあ…、ぅ、ラ…」

逞しい首にしがみつけば、男が更に深く身を屈めてくれる。伸しかかる体の重みが増して、臍下近くにまで亀頭が届く錯覚があった。

「ん、ぁ…、エウロラ、と…」

呻きに近い、声がこぼれる。

それが正しいことかどうかは、分からない。

だがしてほしいことを言えと、王はそう言ってくれたはずだ。途切れそうな声で訴えたエウロラに、ラシードが眉間の皺を深くする。

「そいつは…」

お前は、それでいいのか。獣のように唸った男が、睫に絡む涙を吸う。そうしながら胸郭をさすられ、乳首の先端が甘く疼いた。

「姉は…、僕を、そう呼んだ…」

名前を与えられなかった弟を、姉はエウロラと呼んでくれた。互いにしか聞こえない、密かな声で。千里眼の巫女、と。魔物と、そう吐き捨てられるのとはまるで違う。影のように神殿に沈むこの身を、その名だけが人たらしめてくれたのだ。

「ぁ…、奪いたい、わけじゃ…」

自分以上に、姉から多くを奪った者はいない。

大人になるために必要な、心と肉体。長く続く、輝かしい人生。その上名前までを、姉から盗みたいわけではなかった。

だが二人きりの寝台で分け与えられ、互いに呼び交わした響きこそが、エウロラにとっても唯一の名前だった。

「…あなたも、…呼んで、くれた」

エウロラ、と。

力強いそれは、暁の聖女を指すものでも、姉を呼ぶものでもなかった。

死の化身を詰るものでも、国の滅亡を予言した魔物を恐れるものでもない。何者でもないエウロラ、と。ラシードだけが、ただ真っ直ぐに自分を呼んでくれた。

「僕、は…」

「分かってる。お前は、お前だ」

暁の義髪を身に纏い、聖女を、姉を演じる必要はもうない。どんな名前で呼ばれようと、この身以外の何者でもないのだ。

二人の、エウロラ。

同じ名前を持つ、二つの魂。

かち、と鳴った奥歯を労るように、ラシードの掌が白い頬を摑んだ。

「エウロラ」

低い声が、唇へと落ちる。

熱い息が口腔を撫でて、焼けるような痛みが眼底を刺した。

「エウロラ」

「ラシ…」

呼び返したいのに、声にならない。ふるえた唇をべろりと舐められ、重い腰を揺すられた。

「い…、は、ぁ」

苦しいぐらい深い場所を、抉られる。締めつける穴の圧迫を味わい、ラシードがゆっくりと腰を引いた。

「エウロラ」

そんな声で、呼ばなくていいのに。ひどく大切なもののような響きで口にして、体重を乗せて押し入られる。ごつ、と深い場所を打たれると、苦しさと紙一重の性感に呻きがもれた。もがいた体を真下に見て、ラシードが弱い場所を捏ねてくる。

「ァ、あー…、ひぁ…」

「エウロラ」

歯を食い縛ろうにも、犬のように息が切れた。歯列がゆるんで、恥ずかしい声を止められない。涙にぬれた頬へと鼻面を擦りつけられると、ぶるっと性器ごと体がふるえた。

「あっ…、んァ」

湯のように熱い飛沫《しぶき》が、腹で弾ける。王の下腹までを汚し、重たいしずくがエウロラ自身の腹に注いだ。

「っ…」

狭い穴が、陰茎の中程を締めつけたのか。低いラシードの呻きが唇を舐めて、ぬれきった穴が弛むことなくきゅうっと悶えた。

汗が伝う王の眉間に、くっきりとした影が落ちるのが分かる。こんな時でも精悍なその顔に、エウロラはもがくように指を伸ばした。

痛いくらい、鼓動が胸を叩く。苦しくてどうしようもないのに、ラシードに顔を寄せられると操られるように口が開いた。

「ん、んぅ、あ…」

唇よりも先に、伸ばされた舌が口腔へと入り込む。熱さと、ぬれた粘膜の感触にぞわっと鳥肌が立った。

気持ちがいい。もう一度射精してしまいそうな性感に、唾液があふれる。不器用に舌へ舌を絡めると、笑う息が口腔を撫でた。

「エウロラ」

はっ、と息を切らす男が、名前を呼ぶ。呼んでくれる。

他の誰でもない、この自分を。

エウロラ、と繰り返した唇を、顎を上げて追いかけた。じゅ、と音を立てて舌を吸われると、足の裏までもが甘く痺れる。笑った男に掻き抱かれ、行き止まりと思える場所に亀頭が食い込んだ。

ぐりぐりと捏ねられるたびに、苦しくて爪先が丸まる。それでも絡んだ舌を、唇を、手放せない。

「ラシード、様…」

懸命に、声にする。

与えられたものを、返せるように。喘ぎ、エウロラは重い体軀を抱き返した。


遠くで、祝砲が轟く。

わっと歓声が上がり、色とりどりの花弁が宙を舞った。

「どうした。傷が痛むのか？」

気遣わしげな声が、低く問う。薄い紗を捲られ、エウロラはちいさく首を横に振った。

「いえ、そうではなく…」

大丈夫です、と応えようにも、上手く声にならない。

「おい、止めろ」

青白い容貌を、看過できなかったのだろう。馬の手綱を引いたラシードが、声を上げた。

「ラシード様…」

王の声に応え、車がゆっくりと動きを止める。

四頭の馬が引く、豪奢な車だ。四方に立てられた柱にも、それが支えた天井にも、繊細な彫刻が施されている。その内側を隠す形で、霞《かすみ》のような紗が巡らされていた。

「車が揺れるのが、辛いのか？」

尋ねたラシードが、自らの愛馬を下りる。すぐに駆けつけたハカムが、王に代わって手綱を引き受けた。

「違います。少し…」

少し、歓声に酔ったのだ。

そんな言葉が口を突いて出そうになり、慌てて呑み込む。

不用意なことを言えば、どうなるか。益々青褪めたエウロラの視線の先で、ラシードが大きく紗を開いた。

わぁっと、大きく膨らんだ歓声が車へと流れこむ。

道沿いを埋めるのは、驚くほどの人の波だ。無理もない。大陸中を脅かしていたゴールスのミシュアル王を、その宿敵たるカルブサイドのラシード王が打ち破った。その勝利を祝う、凱旋《がいせん》だ。一目我が輝かしき王を見ようと、民衆が詰めかけるのも無理はない。

「車が辛いなら、俺の馬に乗るか？　風に当たれば、いくらか気分もよくなるだろう」

気遣われ、思わず大きく首を横に振る。

「とんでもない…！　ここで、大丈夫です」

「そうか？　皆も喜ぶと思うが」

それが、怖いのだ。

声にできなかったエウロラをよそに、ラシードが沿道を振り返る。

王の肩越しに、車のなかが窺えたのか。悲鳴のような歓声が、大きく弾けた。

「どうだ。顔を見せてやったら」

笑って促され、再び大きく首を横に振る。

「できません、そんなこと…！」

どうして、こんなことになったのか。

ファルハ国からカルブサイドへの帰路は、比較的順調だったと言っていい。支障なく動けるようになったとはいえ、エウロラは大怪我を負った身だ。ラシードの心遣いにより、旅路はゆっくりと進められた。カルブサイド国内の視察も兼ねたそれでは、初めて目にしたものも多い。エウロラが思わず声を上げたものの一つが、この豪華な車だ。

ミシュアル王の宮殿でも、華美《かび》なものは数多く目にしてきた。しかし金箔で飾られ、紗で覆われたこの車は格別だ。カルブサイドの高貴な姫が、凱旋に参加するのだろうか。王都に近づくにつれ、街道はラシード王の帰還に沸いていた。

王都の大路を行く凱旋の列は、きっと長く豪奢なものになるだろう。行進の日取りを聞いた時も、エウロラは他人事のようにそう考えていた。まさかその一際豪華な車が、エウロラのためだけに用意されたものだとは夢にも思っていなかったのだ。

「僕は、そもそもこんな車に乗せていただける立場ではないのに」

あまつさえ、歓声を浴びるなどと。

溜め息が込み上げて、無意識に右手の薬指に触れてしまう。艶やかな姉の指輪が、輝く指だ。

「俺の妃なのだから、当然だろう」

こともなげに応えた王が、車へと足をかける。慣れた仕種で乗り込んで、男がエウロラの隣へと腰を下ろした。

「また、そのような…」

聖婚は、現世における婚姻とは異なる。それはあくまでも、聖なる者を用いて身を清めるための方便だ。そんなことは、ラシードだって十分分かっているだろう。だが男は御者に出発を告げると、満足そうに沿道へと眼を向けた。

「少なくとも民は、そのつもりでお前を見に来ている」

それが、困るのではないか。

悲鳴を上げる代わりに、エウロラは低く唸った。

「そんな顔をするな。これもバッハールが大臣たちに訴状を書き送り続けた成果だ。お前がどれほど勇敢で、俺がいかに得がたい妃を連れ帰ったか。お前が嘆けば、喧伝の限りをつくしたあいつが悲しむ」

髭の副長が悲嘆に暮れたところで、涼しい顔をしていそうなくせに。

まるで情け深い王のような顔をしたラシードに、エウロラは薄い唇を引き結んだ。

「バッハール様は…」

「相変わらずそこではしゃいでいる」

元気な爺だ。

指で示す代わりに、ラシードが紗を捲る。

エウロラが乗る車は、長い凱旋の列の先頭に近い。その周囲を守るのは、黄金の兜を携えた兵たちだ。精悍な彼らのほとんどに、見覚えがある。

商隊に扮し、王と共にミシュアル王の元へと潜行した男たちだ。

全員が、生きて帰れたわけではない。それでも何名かの者たちが、怪我や病を得ながらもカルブサイドへと戻ってこられたのだ。

「あまり無理をされては、バッハール様のお体に響きませんか」

副長であるバッハールは、エウロラが視た幻視と同じくナダの神殿で槍を受けた。大きな傷を負ったものの、勇猛な副長はあの夜を生き延びてくれたのだ。

「多少大人しくなった方が、お前のためではありそうだがな」

ラシードが呆れる通り、馬上のバッハールは恐ろしく元気そうだ。二月ほどファルハ国で療養した副長は、ラシードを追って何度もゴールスへの遠征に加わろうとしたらしい。そのたびに拒まれ、結果としてエウロラより先にカルブサイドへと送り返されていた。

「お元気でいてくださるのは、嬉しいのですが…」

馬上のバッハールへ、沿道の少女が花冠を差し出す。大喜びで受け取った副長が、可憐なそれを高く掲げた。

「我らが聖女様に！」

銅鑼のような大声に、どっと観衆が沸き立つ。大路に並ぶ建物の窓から、うつくしい花弁たちが吹雪のように降り注いだ。

「聖女様万歳！」

バッハールに肩を並べたマタルが、そしてハーリスが拳を振り上げる。拍手の音が大きくなって、エウロラは白い掌へと顔を埋めた。

「僕は聖女ではないと、申し上げているのに…」

自分は、聖女などにはほど遠い。

ナダの神殿からの帰路で、エウロラは生き残った兵たちに黒い髪を晒した。ファルハ国での治療中には、ラシードからも事情を教えられていたはずだ。だが久し振りに再会した男たちは、皆以前と同じようにエウロラを聖女と呼んだ。

いや、そこにはそれまで以上の崇敬さえ滲んでいた。

「そう言ってやるな。あいつらにとって、お前は聖女だということだろう」

「ですが、僕は…」

もうそんなものを騙ることは、許されないのだ。言い募ろうとしたエウロラを、逞しい腕が抱き寄せる。紗の内側で、二人の影が動くのが見えたのだろう。沿道の歓声が、嵐のようにいっそう大きくうねった。

「ちょ、王…！」

唇の鳴る音が、王を讃える声に掻き消される。だが唇へと落ちた熱は、消えるはずもない。深く口づけられ、エウロラは尖った声を上げた。

「なんだ」

平然と応える王に、痩せた体をもがかせる。

「な…、なにをお考えに」

紗が巡らされているとはいえ、そんなものは十分な目隠しとは言えない。この観衆の直中で、なにをするのか。咎めたエウロラの懸命さが、おかしかったのか。額を寄せる男が、満足そうに笑った。

「実はお前に、言っていなかったことがあってな」

声をひそめられ、ぞわりと背筋が凍る。これは、悪い予兆だ。

未来を覗くことができたとしても、そこにあるものが利点だけとは限らない。あの鍵のかかる塔以来、エウロラは夢に浮かぶ幻視たちにもあまり目を凝らさずすごしてきた。だが今、背筋を撫でたものはなにか。はっとして王を見返すと、頑丈な指がエウロラの黒髪を掻き上げた。

「占術を使えるのは、お前だけではないのだ」

鹿爪《しかつめ》らしく声にされ、エウロラが茜色の目を瞬《しばた》かせる。

「え…？」

「実は俺も、占術というものが得意でな」

そんな話、聞いたことがない。

いや、確かにイドの宿で、そうした冗談をハカムと交わしはした。だがそれは、あくまでも冗談であったはずだ。

「まさか…、そんな…」

幻視に親しむのは、無論エウロラ一人にのみ許されたことではない。だからと言って、目の前の男がここにはないなにかを視るなど、あり得るのだろうか。

そしてなにより、なにを視たというのだ。

息を呑んだエウロラの唇に、もう一度あたたかな唇が重なる。大きな手で腰を引き寄せられ、あ、と詰まった声がこぼれた。

「っ…、王」

なに、を。驚くエウロラを、黄金色の双眸が間近から覗き込んだ。

「俺の占術によると、お前に触れながら王城に至ると、俺の身に末永く喜びが訪れる」

厳かな声で教えられ、睫が撥ねる。それは一体、どんな神託なのか。

「な…。それ、って…」

「恐ろしく当たっていると思わないか？」

お前に触ると、俺は幸せになる。確実に。

にたりと笑われ、エウロラは茜色の目を瞠った。

「ちょ…、お待ち下…」

笑う男の唇が、ちゅ、と音を立てて白い首筋を吸う。思わずびく、とふるえた体が柱に当たった。

車にまで、その振動が伝わったのか。我らが王に栄光あれ、と沿道の誰かが叫ぶ声が聞こえた。

「王…！」

「俺が触れると、お前にも喜びが訪れる」

そうだろう、と囁かれれば、否とは言えない。それは確かにエウロラに視えるものとも、合致するのだ。

「待…」

制止を呼びかけるが、その結末も見えている。

笑う唇で噛みつかれ、エウロラはちいさな叫びを上げた。

あとがき

この度は『偽《いつわ》りの聖女《せいじょ》と死《し》に損《ぞこ》ない凶王《きょうおう》の愛《あい》され契約聖婚《けいやくせいこん》』をお手に取って下さいましてありがとうございました。

ＢＬなのに聖女。自らを聖なる女と偽る主人公（勿論♂）と、聖女に全く興味のない呪われた王様が契約結婚をするお話です。タイトルは聖女ですが、偽りですのでご安心してお読み頂けますと嬉《うれ》しいです。

偽りの聖女である点を表紙から積極的に示していこう…ということで、今回も乳●大盤振る舞いな表紙を描いて下さった香坂《こうさか》さん、本当にありがとうございました！　表紙のカラーにも、黒髪のニュアンスがあった方がいいか…等、色々ご検討頂いたのですが、今回は暁《あかつき》色に。

本文の挿絵、そしてなんだか王を大好きになってしまう自分を幻視する四コマまで頂戴できて嬉しかったです。復讐《ふくしゅう》に燃える冷酷な受聖女君が可愛《かわい》くて、今後色んな人にやさしくされればされるほど、のたうち回る羽目になるかと思うと個人的ににっこりです（笑）。

挿絵も、胸元や喉元を隠す衣装にして頂けたりと、今回もとても繊細な絵を頂戴できて感激です。連投でお疲れのなか、本当にありがとうございました…！

今回も超お忙しいなか、無理なお願いに笑顔でお応え下さった女神なお様。本当に沢山お助け下さり、ありがとうございました。

毎回過去一やばい…と叫びつつ、今回も特大のご迷惑をおかけしてしまった編集部の皆様にも、伏してお詫び申し上げます。今回も忍耐強く、そして的確なご助言を下さった担当編集者のK様。心のなかのイマジナリーK様と（勝手に）会話させて頂きつつ原稿を書かせて頂いているのですが、今回「普段の私ならここに句読点を打つけど、K様なら絶対ここはナシだ…！」と自信満々に書いた文書に、めっちゃ「私が打ちそうな位置」に句読点が入った校正原稿が戻ってきて、深夜に一人で笑っていました。私のなかのイマジナリーK様の解像度、低かった…。そして私の心の句読点を読んで下さるK様の精度の高さに感謝です。筆舌《ひつぜつ》つくしがたいご迷惑をおかけしているにも拘らず、常に笑顔でご対応下さるK様。本当にありがとうございました。

同じく遅刻の限りをつくした私を導き、原稿をお読み下さったもうお一人の編集者K様。K様に…K様に原稿をお読み頂いてしまうだと…!?　と緊張で眩暈《めまい》がしました。やらかしが多い私ですが、K様のお世話になることができて本当に嬉しいです。今回も沢山のお気遣いを、ありがとうございました…！

最後になりましたが、この本をお手に取って下さいました皆様に心からお礼申し上げます。聖女が登場するお話を書こう。ＢＬなので偽聖女一択だなと思って捏《こ》ね捏ねしたのが今回のお話でした。投石機での投げ入れ云々は、実行しても威力が低いため、後年のフィクションだったのではとも言われていますが、普段あまり書かない場面が書けて個人的にはとても楽しかったです。

呪いだの聖女だの、無責任な外野の雑音はみんな糞《くそ》だなーと思いながら生きてきた王様が、妃《きさき》として連れ帰ったのは偽聖女を通り越したまさかの逆聖女。文字通り呪われっぷりがすごすぎる王様の今後の後宮新婚生活など書かせて頂ける機会などあると嬉しいなと夢想しております。是非応援してやって下さい。ご感想などお聞かせ頂けましたら、飛び上がって喜びます。

またどこかでお目にかかれる機会がありますように。最後までおつき合い下さいましてありがとうございました。

篠崎一夜《しのざきひとよ》

俺には占いなど必要ない
そうおっしゃらず私の力は必ずや貴方様のお役にたちます
この男を利用してやる…！
僕の復讐のための踏み台になってもらう――！
聖女の占いはもはや予言！
定められた運命は決して変えられないのです…
今日の白昼夢占い運命の相手に出会うでしょう❤ラッキーアイテムは甘いデーッ☆
!?
パヤァ――ン
ハア!?
なっ…嘘っ
いやいやいや冗談じゃないありえない！
こんな運命絶対変えてやる――！
秒で矛盾してるんだが 面白い奴…

リンクスロマンスノベル

偽りの聖女と死に損ない凶王の愛され契約聖婚

2025年4月30日 第1刷発行

著　者　篠崎《しのざき》一夜《ひとよ》

イラスト　香坂《こうさか》透《とおる》

発行人　石原正康

発行元　株式会社 幻冬舎コミックス
〒151-0051 東京都渋谷区千駄ヶ谷4-9-7
電話03（5411）6431（編集）

発売元　〒151-0051 東京都渋谷区千駄ヶ谷4-9-7
電話03（5411）6222（営業）
振替 00120-8-767643

デザイン　清水香苗（CoCo.Design）

印刷・製本所　株式会社 光邦